BADEN VERBOTEN
1
2
3
4
5
6
7

8
9
10

DIE KRONENKLAUER

von
F. K. Waechter
und Bernd Eilert

Rowohlt

Sonderausgabe

1.–10. Tausend August 1975
11.–15. Tausend Februar 1979
16.–22. Tausend Juni 1981
Gesamtauflage 37. Tausend

Text: Bernd Eilert und Friedrich Karl Waechter
Zeichnungen: Friedrich Karl Waechter
Umschlag: Friedrich Karl Waechter
Redaktion: Uwe Wandrey

Gesetzt aus der Garamond-Antiqua (Blei- und Filmsatz)
Satzarbeiten bei Libripresse Giebitz und Witt, Kriftel/Ts.
Lithoarbeiten F. Haußmann, Reprotechnik, Darmstadt
Druck und Bindearbeiten Mohndruck Graphische Betriebe GmbH, Gütersloh

Printed in Germany
ISBN 3 498 09460 2

iner denkt sich eine Geschichte aus. Einer denkt sich aus, wo eine Geschichte passiert, wer darin vorkommt, was geschieht.
Einer denkt sich zuerst eine Wiese aus:
Eine ganz gewöhnliche Wiese aus grünem Gras, mit ein paar roten Blumen darauf, zwischen denen Bienen hin- und hersummen. Die Sonne scheint, Schmetterlinge flattern, Grillen zirpen, der Wald schweigt – nichts geschieht. Jedenfalls nichts, was wie eine Geschichte klingt.
Da müssen erst drei Kinder aus dem Wald treten und über die Wiese laufen; einmal sollten sie bitte noch stehenbleiben, damit jedes einen Namen bekommen kann: Moritz, Johanna, Robert!
Und dann kann die Geschichte schon losgehen:

Auf der großen Wiese

Moritz, Johanna und Robert laufen über die große Wiese. Sie laufen geradenwegs auf die Sträucher zu, die mitten auf der Wiese wachsen.*
»Was ist denn das für Buschwerk?« fragt Robert auf halber Strecke.
»Weiß ich auch nicht; vielleicht Himbeerbüsche?« vermutet Moritz.
»Herrlich!« ruft Robert.
»Dann müßte man doch irgendwas Rotes blitzen sehen«, meint Johanna.
»Womöglich haben die Himbeeren sich hinter dichtem Blattwerk verborgen«, hofft Robert.
»Glaub ich nicht; hier wachsen nämlich Haselnüsse!« Johanna ist als erste bei den Sträuchern angekommen und zeigt hinauf in die Zweige, die tatsächlich voller Nüsse sind.
»Auch gut«, sagt Moritz, »die werden wir knacken!«
»Womit denn?« fragt Johanna. »Damit!« sagt Moritz und zeigt die Zähne. »Ach«, winkt Robert ab, »die hängen sowieso zu hoch.« Doch so schnell läßt Moritz sich nicht entmutigen: »Irgendwie kommen wir schon dran!«

* siehe Nr. 10 im Plan (vorderer Buchdeckel)

Wie können die Kinder an die Haselnüsse?

Moritz erschrickt und fällt vom Strauch

Robert und Johanna haben Moritz hinaufgeholfen: Zuerst ist er auf Johannas Rücken gestiegen und hat den untersten Ast gefaßt, dann hat Robert von unten geschoben, bis er oben saß.

Doch anstatt Nüsse zu pflücken, hat Moritz es sich in der Astgabel bequem gemacht.

»Herrlich!« stöhnt er und reckt die Arme. »Diese Hitze; hier ist man der Sonne so nah . . .«

»Als wenn das kleine Stück was ausmachen würde!« lacht Johanna. »Das macht allerhand aus!«

Robert scheint dieser Streit ziemlich fruchtlos: »Pflück lieber mal ein paar Nüsse und schmeiß sie uns runter!« ruft er hinauf.

Moritz setzt sich auf. »Ich nehm die von ganz oben; die sind am besten!« Langsam und vorsichtig richtet er sich ganz auf, hält sich mit der einen Hand fest, langt mit der anderen hoch zu den Nüssen, will gerade zupacken – »Gemach!« sagt in diesem Augenblick eine dunkle Stimme hinter den Kindern, Moritz läßt vor Schreck die Nuß wieder los, der Zweig schnellt in die Höhe, vergebens sucht Moritz' Hand einen Halt, er schwankt, verliert das Gleichgewicht . . .

»Achtung!« rufen Robert und Johanna; sie eilen ihm zur Hilfe.

Doch es ist zu spät: Moritz fällt vom Strauch!

»Verzeihung!« sagt die dunkle Stimme.
»Aua!« stöhnt Moritz und bleibt erst mal liegen.
Dann blickt er an zwei kurzen Beinen in gestreiften Hosen empor, sieht darüber einen beachtlichen Bauch unter einer Weste, deren rechte Hälfte vom goldenen Band einer Uhrkette überquert wird, darüber folgt im Westenausschnitt ein ziemlich schmuddeliges Hemd, das am Kragen von einer dunkelroten Fliege zusammengehalten wird; darauf sitzt, halslos, ein dicker, runder Kopf mit einem ernsten Gesicht: große, dunkle Augen hinter einer Brille auf einer gebogenen Schnabelnase blicken auf Moritz hinab. »Das lag gewiß nicht in meiner Absicht«, beteuert das Gesicht, »ich hoffe nur, daß du nicht verletzt wurdest?« Moritz rappelt sich auf und fühlt sich unverletzt.

Vom notwendigen Grad der Reife

»Johannes Loy, mein Name, Dr. Johannes Loy«, die Eule hebt mahnend die Hand, »ihr müßt verstehen, daß ich nicht einfach zusehen durfte, wie ihr euch leichtfertig in Gefahr begabt, für nichts und wieder nichts . . .«

»Wieso für nichts und wieder nichts?« unterbricht ihn Johanna. »Wir wollten doch Nüsse pflücken!«

»Nüsse pflücken!« Dr. Loy schüttelt vorwurfsvoll den Kopf und sieht die Kinder über den Rand seiner Brille hinweg an. »Ihr solltet wissen, daß Nüsse, zumal Haselnüsse, den notwendigen Grad der Reife und damit auch den ihnen eigenen Wohlgeschmack, der sie uns so schätzenswert macht, erst im Herbst erreichen, wohingegen wir jetzt erst im Hochsommer, genauer: am Anfang des Monats Juli stehen.«

»Ach so«, nickten die Kinder, die zwar nicht alles verstanden haben, aber jetzt doch immerhin wissen, daß die Nüsse sowieso nicht geschmeckt hätten.

»Zum zweiten«, fährt Dr. Loy fort, tritt einen Schritt näher zu den Kindern und senkt bedeutungsvoll die Stimme, »zum zweiten würde ich empfehlen, sich schleunigst davonzumachen, denn diese Haselnußsträucher sind das Privateigentum von . . .« irgend etwas knattert leise im Hintergrund; Dr. Loy blickt sich unruhig um . . . »sie gehören König Schwarte!«

»Was für 'n König?« fragt Moritz nach.

»Schwarte«, antwortet Robert für Dr. Loy, der angestrengt zum Waldrand hinüberstarrt. Die Grillen haben zu zirpen aufgehört; dafür ist das Knattern lauter geworden: Aus dem Waldweg biegt ein schwarzes Auto auf die Wiese und kommt sehr schnell näher. Dr. Loy schlägt die Hände über dem Kopf zusammen. »Die königliche Limousine!« Seine Stimme schnappt über: »Lauft weg!« krächzt er und hastet auf kurzen Beinen davon.

»So lauft doch . . .« scheint er noch einmal zu rufen, doch da ist er bereits hinter den Haselnußsträuchern verschwunden, und das knatternde Auto hat seine Stimme verschluckt. Vielleicht wären die Kinder jetzt ganz gern weggelaufen, als der große, schwarze Wagen ganz nah neben ihnen quietschend zum Stehen kommt.

Wie stellt ihr euch den König vor?

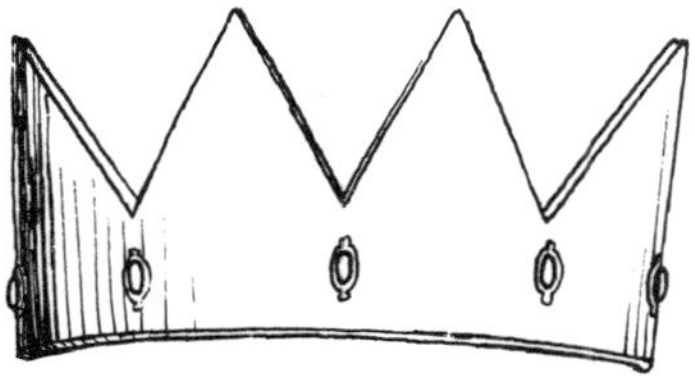

König Schwarte versteht keinen Spaß

Die Türen des großen schwarzen Wagens fliegen auf.
Heraus springen drei Hunde in rosa Uniformen. Sie knurren grimmig und packen jeder ein Kind beim Kragen. Ein vierter Hund reißt die hintere Wagentür auf.
Die Kinder sind zu überrascht, um wirklich Angst zu haben, und dann müssen sie alle drei lachen: Ächzend schiebt sich ein fettes Schwein in einem schwarzen Pelzmantel durch die Tür; auf seinem Kopf funkelt eine goldene Krone in der Sonne.
»Tatsache, ein König!« staunt Robert.
»Ruhe!« knurren die Hunde. »Ihr steht vor dem hochwohlgeborenen König Schwarte.«
»König Schwarte schwitzt ganz schön«, kichert Moritz.
»Ruhe!« befiehlt ein Hund.
»Schweinerei!« grunzt König Schwarte. »Meine Haselnußsträucher mutwillig zerstören . . . auf frischer Tat ertappt . . . Strauchdiebe!«
»Klarer Fall!« stimmen die Hunde zu.
»Abführen!« schnarrt Schwarte.
Und ehe die Kinder auch nur ein

Wort dagegen sagen können, fühlen sie schon einen kräftigen Knuff in den Rücken, der Kofferraum wird aufgerissen, und die Kinder werden von den Hunden hineingedrängt.
Die Klappe schlägt zu, die Kinder sind im Dunkeln allein.
Von draußen hören sie noch die Stimme König Schwartes, die befiehlt: »Nüsse nachzählen! Los, los!«
Und dann die Stimmen der Hunde, die anfangen zu zählen: »1,2,3,4, 5,6,7 . . .« und so weiter, bis: »1313!« meldet stolz ein Hund. »Nüsse vollzählig.« – »In Ordnung«, brummt König Schwarte, »abfahren!«

Im dunklen, lauten, heißen Kofferraum erzählt Johanna eine Geschichte

In einem Keller lebten einmal zwei Mäuse. Der Keller hatte keine Fenster, und so war es darin so dunkel, daß man nichts sehen konnte. Der Keller war ziemlich groß und fast leer; nur in der Mitte stand ein riesiger eiserner Ofen. Der bullerte den ganzen Tag und die ganze Nacht, so laut, daß man weiter nichts hören konnte, und er brannte so heiß, daß man sich kaum bewegen mochte.
Deshalb lagen die beiden Mäuse auch fast immer auf der faulen Haut: die eine links von dem Ofen, die andere rechts, ich glaube, sie knabberten Körner und machten sich Gedanken; worüber, weiß ich nicht.
Nur manchmal, wenn sie nichts mehr zu beißen hatten, krochen sie mißmutig ein Stückchen voran, scharrten neue Körner zusammen und blieben dann dort liegen.
Sie wußten überhaupt nicht voneinander: sehen konnten sie sich nicht, hören auch nicht und zu riechen war nichts weiter, als das verkohlende Holz in dem großen Ofen.
Das ging so eine ziemlich lange Zeit; bis sie eines Tages oder Nachts – beide hatten wieder einmal ihren Körnervorrat weggefuttert und mußten nun notgedrungen ein wenig weiterkrabbeln – mit ihren Nasenspitzen genau aneinanderstießen: »Verzeihung«, sagte die eine; »Nichts für ungut«, darauf die andere – dann erst wurde beiden schlagartig klar, was eigentlich geschehen war . . .

Johanna ist mit der Geschichte nicht weitergekommen; jetzt könnt ihr die Geschichte zu Ende erzählen.

Die Fahrt in der königlichen Limousine

So sieht sie aus – die ganze Zeit

Das königliche Schloßtor

So sieht es aus – im ersten Moment . . .

. . . und so, nachdem sich die Kinder an das Licht gewöhnt haben

Der Empfang

»Hierher, ihr Lieben!« ruft eine sanfte Stimme.
Am oberen Ende einer Steintreppe steht eine Katze in einem blauen Kleid und winkt. Um die Katze herum ist eine Tür, und um die Tür herum ist natürlich ein Haus: ein großes, graues Haus mit vielen hohen Fenstern, vielen Schornsteinen und runden Türmen an den Ecken.
»Ein Schloß!« stellt Moritz fest; Johanna nickt.
»So kommt doch her zu mir!« ruft die Katze.
Robert läuft als erster die Stufen hinauf.
»Ich bin Fräulein Bellmaus«, stellt die Katze sich vor.
»Ich bin Robert, das ist Moritz und das die Johanna.«
»Tag, Fräulein Bellmaus«, sagt Moritz und will der Katze die Hand schütteln – doch Fräulein Bellmaus breitet die Arme aus: »Willkommen auf König Schwartes Schloß! Ihr hattet ja bereits die Ehre, Seine Majestät persönlich kennenzulernen!«
»Ja, leider . . .« murmelt Johanna.
Fräulein Bellmaus überhört das.
»Nun kommt«, lädt sie mit ihrer sanften Stimme ein, »ihr seid unsere lieben Gäste; bald werde ich euch eure Zimmer zeigen, doch zuvor führe ich euch durch das Schloß, ihr Lieben.«

Die Führung

Fräulein Bellmaus schließt die Tür von innen ab. Leise knarrend dreht sich der große Schlüssel im Schloß.
Hier drinnen ist es kühl und dämmrig. Die Kinder frösteln.
»Folgt mir, ihr Lieben!« lädt Fräulein Bellmaus ein.
Sie geht voran durch lange hohe Gänge, vorbei an den Bildern vieler Schweine, die in regelmäßigen Abständen an den weißen Wänden hängen: Schweine in Ritterrüstungen, Schweine in dünnen Seidenmänteln, Schweine in dicken Pelzmänteln, Schweine in kurzen Hosen, Schweine in Kniehosen, Schweine in langen Hosen, Schweine in engen Hemden, Schweine in weiten Hemden, Schweine mit Schwert, Schweine mit Säbel, Schweine mit Degen, unbewaffnete Schweine, Schweine in

Stiefeln, Schweine in Halbschuhen, Schweine in Schnallenschuhen, sogar barfüßige Schweine. Nur eines ist allen gemeinsam: sie tragen alle die gleiche goldene Krone, jene, die die Kinder heute schon einmal auf dem Kopfe König Schwartes gesehen haben.
Die Kinder sind schon recht müde, als Fräulein Bellmaus endlich vor einer Tür haltmacht und sagt: »Ich zeige euch jetzt den Rittersaal.«
Der Rittersaal ist ein außergewöhnlich großer Raum, mit einem schweren, runden Tisch in der Mitte, um den herum viele geschnitzte Stühle stehen. »Mindestens zwanzig!« denkt Johanna, die zu müde ist, genau nachzuzählen. »Hier hat in alter Zeit der König mit seinen Getreuen getafelt«, sagt Fräulein Bellmaus.
»Getafelt?« fragt Moritz.
»Das heißt: gebechert und geschmaust«, erklärt Fräulein Bellmaus.
Moritz zeigt auf eine der eisernen Ritterrüstungen, die überall herumstehen. »Und hatten die damals beim Essen etwa diese Dinger an?« fragt er. »Freilich!« bestätigt Fräulein Bellmaus. »Ein prachtvolles, männliches Bild ...« schwärmt sie, als könne sie sich dieser Zeiten noch gut erinnern. »Na, ich danke; das muß so ein Geklapper gewesen sein,

daß man sein eigenes Wort nicht verstehen konnte«, meint Johanna. Doch Fräulein Bellmaus eilt schon weiter; wieder durch lange, hohe Gänge, wieder an Schweinebildern vorbei . . . Die Führung will und will kein Ende nehmen: jetzt geht es eine Treppe hinauf, die Gänge werden schmaler, die Bilder weniger, die Türen kleiner.

»So, hier sind eure Zimmer, ihr Lieben.« Fräulein Bellmaus schließt drei weiße Türen auf.

»Ich will aber mit Johanna und Moritz in einem Zimmer schlafen!« protestiert Robert.

»NICHTS DA!« Fräulein Bellmaus' Stimme klingt plötzlich gar nicht mehr so süß. »Jeder hat sein eigenes Zimmer; allein!«

Die Kinder sind zu müde, um zu streiten.

Die erste Nacht

Im Traum sieht dieser Tag ganz anders aus:

Da liegen drei Kinder auf einer grünen Wiese, und plötzlich regnet es Haselnüsse auf sie herab. Doch die Haselnüsse sind rosa, und faßt man sie an, so fühlt man, wie scharf sie sind, scharf wie Zähne, Zähne im Maul eines großen Hundes, und noch eh man die Hand zurückziehen kann, wird man in einen schwarzen Pelzmantel gewickelt, doch der Pelzmantel ist aus Federn, wie der Flügel eines großen Vogels, und

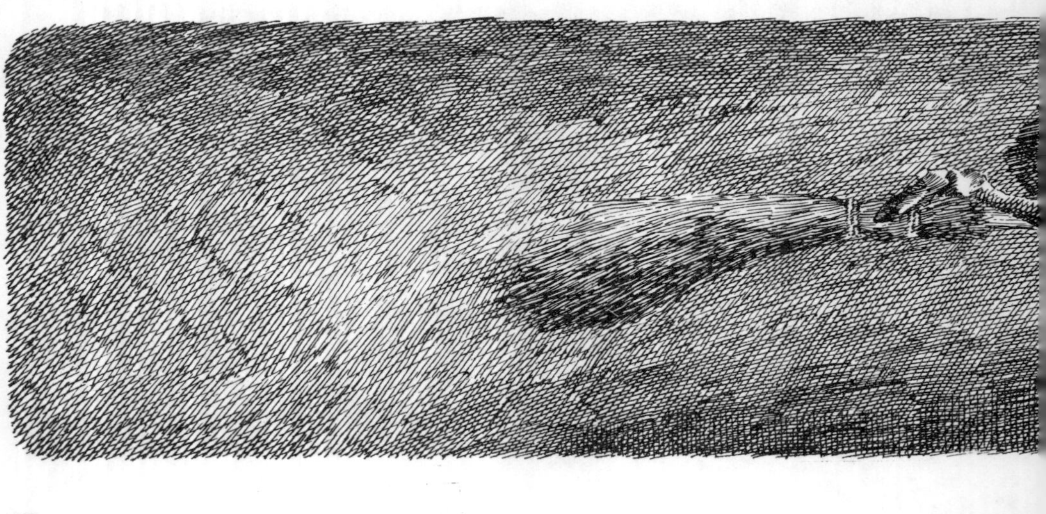

man liegt tatsächlich unter den Flügeln einer riesigen Eule, und die Eule fliegt mit einem davon, hoch in die Luft, so daß man sich festhalten muß an der goldenen Uhrkette über ihrem Bauch, und etwas hängt an der Kette, das keine Uhr ist, sondern eine goldene Krone. »Zu spät!« krächzt die Eule, und die Krone fällt hinunter, genau auf den Kopf eines fetten Schweines, und als das Schwein sich umdreht, sieht man, daß es kein Gesicht hat, und das Schwein dreht sich immer schneller und schneller, bis es nichts weiter mehr ist, als ein rosa Pfahl inmitten hoher grauer Mauern, und man ist an den Pfahl gefesselt und kann nicht fortlaufen, auch dann nicht, als aus den Mauern viele winselnde Hunde kommen, die um den Pfahl herumtanzen, näher und näher, bis der Pfahl endlich eine Rakete ist und wegfliegt, über die Köpfe der Hunde hin, dann durch lange düstere Gänge, und eine Katze sitzt darauf, eine Katze in einem blauen Kleid, sie reitet auf einem Besen, der genau auf einen riesigen Knopf zufliegt, mitten draufprallt, und dann schrillt die Klingel furchtbar laut ...

... so laut, daß man davon aufwacht.

Die Kinder staunen sehr über ihre neuen Betten und über die neuen Zimmer. Sie staunen, eine wirkliche Klingel zu hören, laut und durchdringend. Es ist ziemlich häßlich, von so einer Klingel geweckt zu werden. Da ist einem die sanfte, süßliche Stimme schon lieber, die jetzt von draußen durch die Tür zu vernehmen ist:

»Aufstehen«, ruft sie, »aufstehen, ihr Lieben ...

. . . sofort aufstehen!«

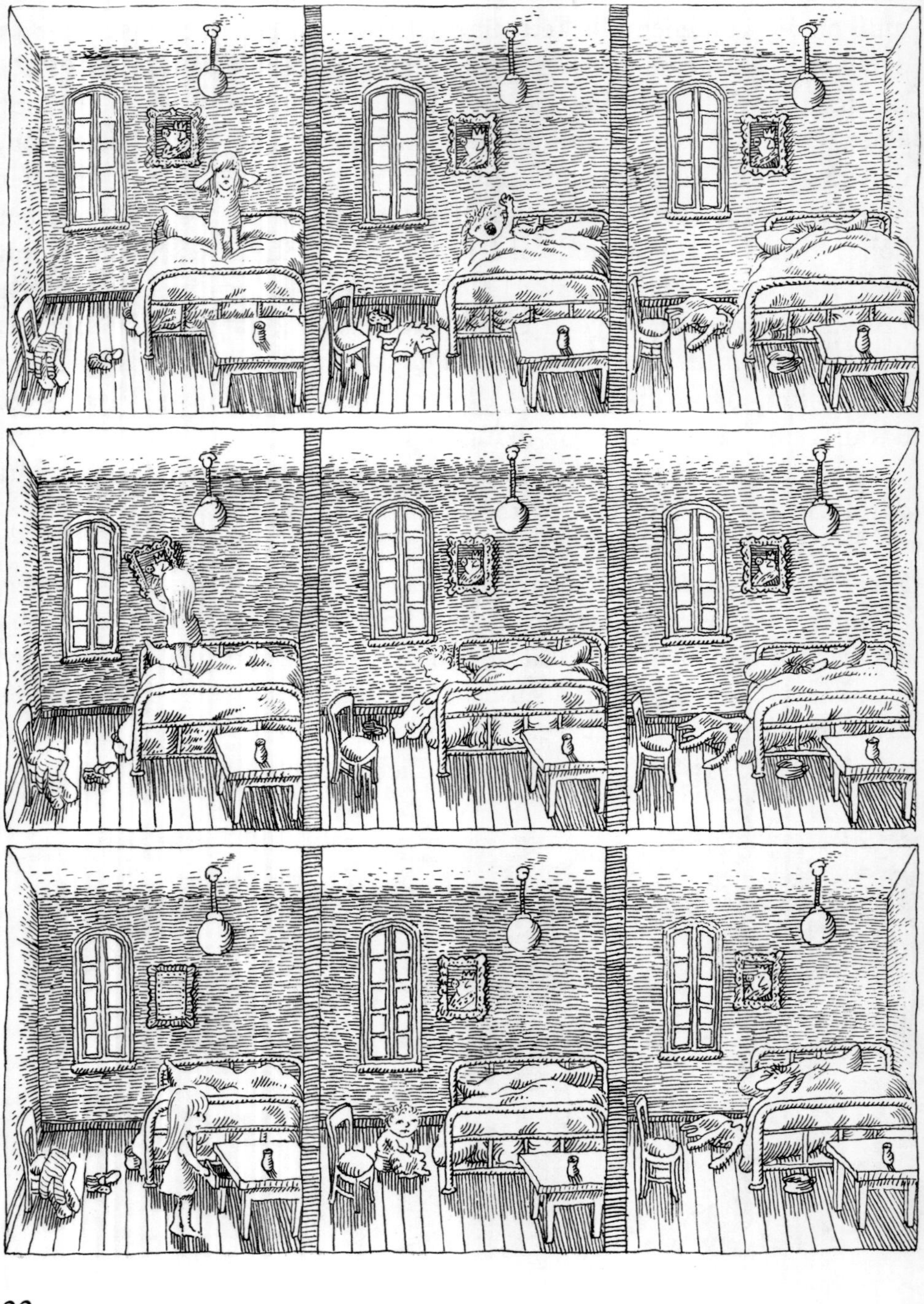

Die erste Unterrichtsstunde

Den ganzen Morgen über klingelt und summt es im Schloß: vor dem Waschen, nach dem Waschen, vor dem Frühstück, nach dem Frühstück und sogar noch einige Male mehr. Fräulein Bellmaus meint, sie erführen noch früh genug, was das zu bedeuten habe, und schickt die Kinder ins Lernzimmer. Da sitzen schon zwei in der Bank: Lütgebohmert, der Hahn,und Charly »Tasso« Koffer. Gerade hat man sich begrüßt, als es abermals klingelt: rirrrirrrirrr. »Pssst«, macht Lütgebohmert und schneidet Moritz das Wort ab, der sich endlich nach Sinn und Zweck des dauernden Geklingels erkundigen wollte. Die Tür geht auf: herein tritt ein großer, alter Hund in einem grauen Anzug.

»Ruhe!« bellt er zur Begrüßung. »Setzen!«

»Morgen!« sagt Johanna höflich.

»Ruhe!« bellt der alte Hund aufs neue. »Hier wird nur gesprochen, wenn ich es erlaube; und außerdem heißt es: Guten Morgen, Herr Professor.« Der Herr Professor nimmt seine Brille ab, putzt sie mit einem großen, weißen Tuch, setzt sie wieder auf und brüllt im gleichen Augenblick schon wieder: »Ruhe!«

»Hat doch keiner was gesagt«, stellt Moritz fest.

»Ruhe!« wird er angeblafft. »Ich verlese jetzt die Haus- und Anstaltsordnung, damit auch die drei Neuen wissen, was sie zu tun und zu lassen haben«:

MITTWOCH
5
AUGUST

König Schwarte
Klug
gerecht
GUT
gesund

Königliche Gebote:

1. König Schwarte ist unser aller König und einziger gekrönter Herr!

2. Des Königs Wunsch sei uns Befehl!

3. Der König hat einige auserwählt, seinen königlichen Willen zu vollziehen!

4. Diesen Auserwählten ist unbedingt Folge zu leisten wie dem König selbst!

5. Ausdruck der königlichen Wünsche sind weiterhin die königliche Sirene, der königliche Gong, das königliche Glockenspiel sowie das königliche Klingeln und Summen!

Es bedeutet:

1 x Klingeln = Aufstehen
2x Klingeln = Lernen!
3x Klingeln = An-Ausziehen!
1 x Gong = Essen!
2x Gong = Waschen!
1 x Glocke = Schlafen!
1 x Summen = Muße!
(an König Schwarte denken!)

Zeitplan der Schloßzöglinge:

6h30 : Aufstehen!

6h35 : Waschen!

6h45 : Muße!

6h50 : Anziehen!

7h : Frühstück!

7h30 : Waschen!

7h40 : Muße!

7h45 : Unterricht!

12h45 : Waschen!

12h55 : Muße!

13h : Mittagessen!

13h45 : Waschen!

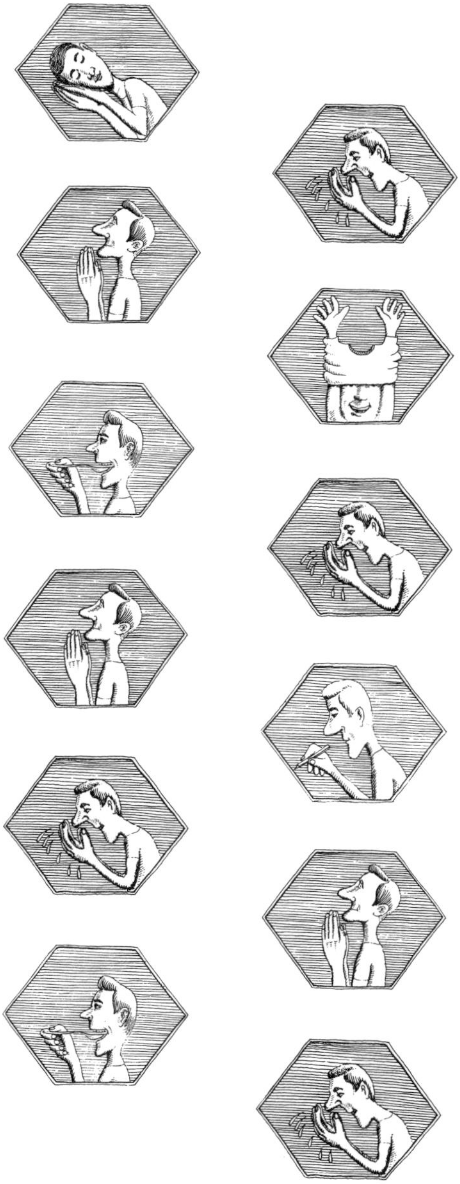

13h55 : Muße!

14h : Mittagsruhe!

15h45 : Waschen!

15h55 : Muße!

16h : Unterricht!

18h15 : Waschen!

18h25 : Muße!

18h30 : Abendessen!

19h15 : Waschen!

19h25 : Muße!

19h30 : Ausziehen!

19h50 : Muße!

20h : Schlafen!

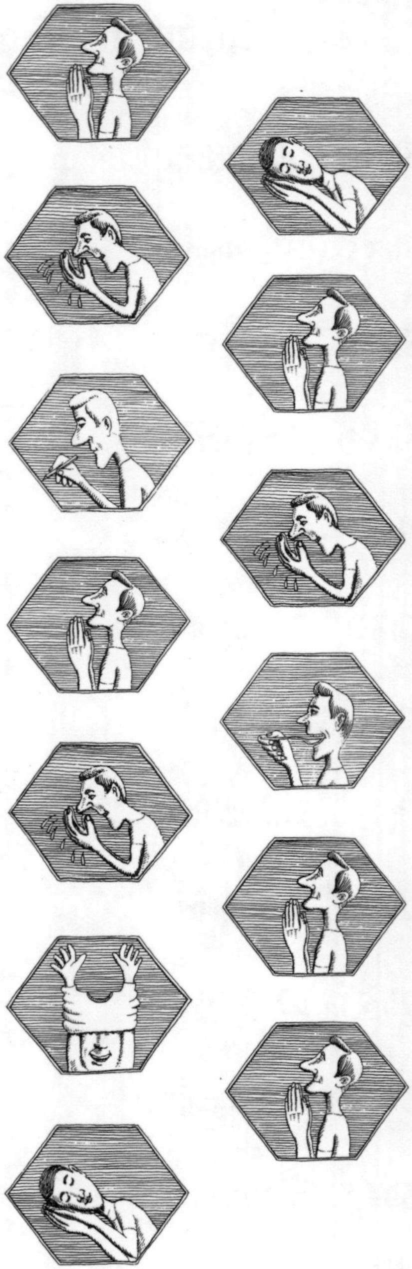

Professor Prousch verliert seine Brille

Endlich ist der Professor fertig.
»Das halt ich nicht aus!« seufzt Robert und meint es auch so.
»Ruhe!« bellt der Professor. »Zur Strafe für unbefugtes Schwatzen wirst du heute nachmittag Gelegenheit bekommen, die ganze Hausordnung dreimal abzuschreiben.«
»Werd ich nicht!« sagt Robert.
»Unglaublich!« keucht der Professor.
»Genau!« stimmt Moritz zu.
»Fünfmal abschreiben!« schreit der Professor.
»1-2-3-4-5-6-7 . . .« singen die Kinder.
Der Professor rauft sich seine grauen Haare, bei »ZEHN« springt er auf, rennt auf die Bank der Kinder zu. Lütgebohmert springt auf und läuft weg. Tasso, der kräftig mitgesungen hat, versteckt sich unter der Bank. Der Professor stolpert. Als er sich wieder gefangen hat, ist seine Brille weg.
Die Kinder sehen das und singen: »Zwick, zwack, zwille, wo ist denn seine Brille!«
Halbblind tappt der Professor herum und rennt sich den Kopf fast an der Wandtafel ein:
»Ruhe, Ruhe, Ruhe!« schreit er in einem fort: »Ruhe, Ruhe, Ruhe!«
». . . er tritt sich auf die Schuhe!« reimt Moritz.
»Kommt, wir hauen ab!« schlägt Johanna vor, und schon rennen die Kinder zur Tür, reißen sie auf, sind auf dem Gang draußen und hören nur noch, wie Professor Prousch im Lernzimmer herumpoltert und tobt: »Verflucht, ich kann nichts sehen, verflucht!«

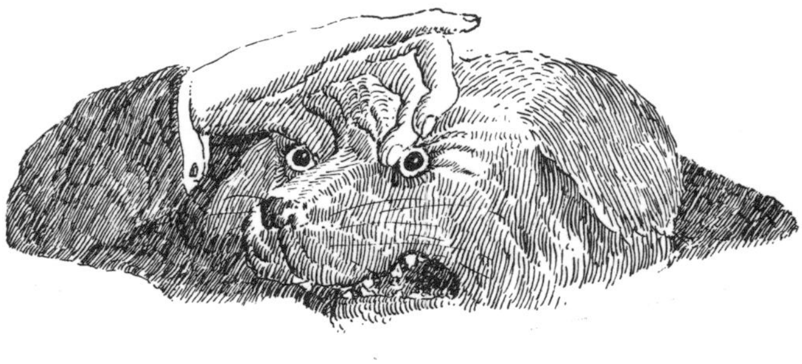

Es ist schlecht, wenn man nicht gut sehen kann

Ganz Verschiedenes kann dann auf einmal sehr ähnlich aussehen wie zum Beispiel:

Indianer und Hase

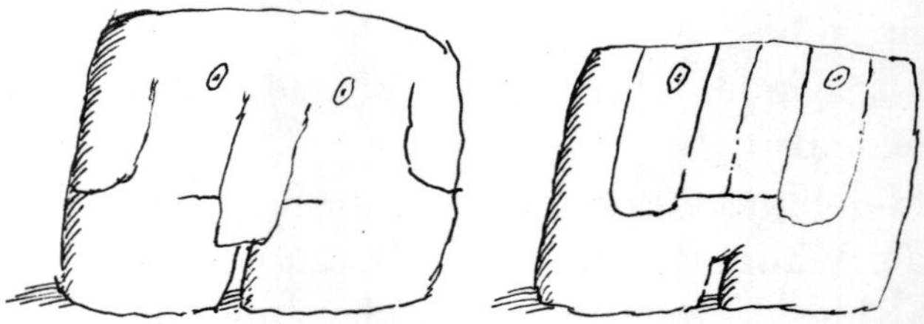

Elefant und Lederhose

Ofen und Kamel

Kind und Kegel

Elefant und Teekanne

König mit Hahn unterm Arm und Hahn mit König unterm Arm

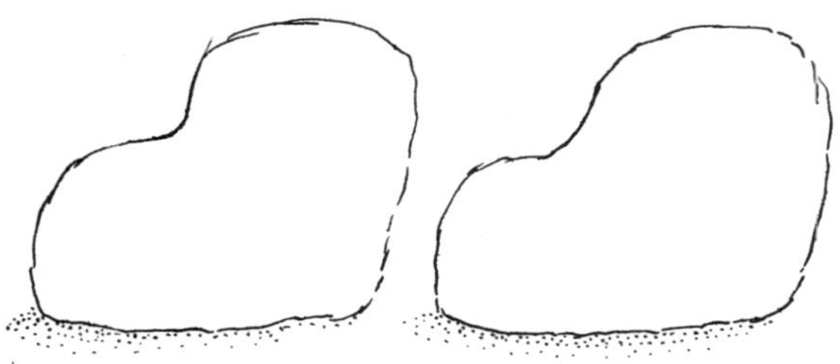

Schuh und Löwe

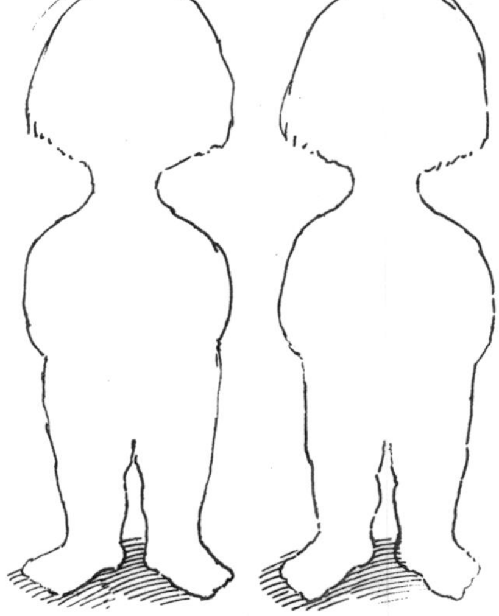

Junge und Mädchen

Diese Seite könnt ihr selbst fertigzeichnen.

Ein Fluchtversuch

Auf dem Gang vor dem Lernzimmer ist niemand zu sehen.
Johanna läuft auf Zehenspitzen voraus, in irgendeine Richtung, nur weg. Oben an der Treppe bleibt sie stehen, horcht: unten scheint ziemlich viel Betrieb zu sein, man hört Stimmen und Schritte. Die Kinder wagen nicht hinabzulaufen. Weiter geht es durch die langen hohen Gänge; an jeder Ecke warten die Kinder einen Augenblick, horchen auf Schritte, stecken dann den Kopf herum, schauen, ob die Luft rein ist, laufen dann schnell weiter bis zur nächsten Ecke.
Die Kinder haben Glück: niemand folgt ihnen, niemand versperrt ihnen den Weg; und endlich, nach der vierten oder fünften Ecke sehen sie, daß der Gang dahinter auf eine Tür zuführt. Eine kleine, unschein-

bare Tür, an der NOTAUSGANG steht, genau das richtige also, und — sie ist nicht abgeschlossen.
Fast im gleichen Moment, in dem Robert die Tür vorsichtig öffnet, schrillt eine Alarmklingel durch das ganze Schloß. Die Kinder blicken hinaus in den verwilderten Garten; eine steile, rostige Feuertreppe führt hinab. So schnell sie können, klettern die Kinder nach unten. Aus dem Schloß hören sie schon die heiseren und schrillen Stimmen der Hunde. »Also los!« flüstert Moritz aufgeregt und läuft voran auf die alten Johannisbeersträucher zu. Sie stehen sehr eng, so daß man die Zweige mit den Armen auseinanderdrücken muß, um hindurchzukommen. Die Zweige schlagen zurück und zerkratzen die Gesichter der Kinder, doch in der Eile spüren sie den Schmerz kaum.
Die Stimmen der Hunde werden lauter, sie scheinen näher zu kommen, die Kinder versuchen, noch schneller zu laufen, Johanna stolpert, Moritz hilft ihr auf, sie rennen weiter, immer weiter, bis sie plötzlich vor einer hohen grauen Mauer stehen; ein Stück laufen sie die Mauer entlang, doch sie nimmt kein Ende.
»Wir müssen rüberklettern!« erkennt Moritz.
Die Hunde sind schon ganz nah.
Ein alter hoher Baum steht dicht genug an der Mauer.
Moritz klettert voraus, hilft den anderen nachzukommen; die Kinder ziehen sich gegenseitig von Ast zu Ast höher hinauf.
Robert schaut sich um: er sieht unten die Hunde um den Baum herumspringen; alle schreien durcheinander, man kann nichts verstehen. »Sie klettern nicht hinterher!« freut sich Robert.
Und dann haben die Kinder endlich einen dicken Ast erreicht, der sich auf gleicher Höhe mit der Mauerkante befindet. Rittlings muß man sich daraufsetzen, so kann man zum Mauerfirst hinüberrutschen. Schon stehen die Kinder auf der hohen breiten Mauer. Im Garten hinter ihnen rufen immer noch die Hunde. Die Kinder beugen sich so weit vor, daß sie an der anderen Seite der Mauer hinuntersehen können ... erschreckt fahren sie zurück: dort unten warten bereits andere Hunde, die heulen und wiehern.
Johanna, Moritz und Robert sitzen in der Falle!
Ihre Flucht ist zu Ende.

Wie können die Kinder jetzt noch entkommen?

So wie Robert es sich vorstellt, geht es leider nicht.

Professor Prousch hält eine Strafpredigt

Nachdem die Hunde sie von der Mauer heruntergeholt haben, werden die Kinder ins Lernzimmer geführt und darin eingeschlossen.
Nach einer Stunde erscheint Professor Prousch, knallt die Tür hinter sich zu und schreit: »Ruhe!«
Dann hält er eine kurze, aber laute Ansprache:
»Setzen!« beginnt er. »Euer ungeheuerliches Verhalten hat König Schwarte aufs höchste verärgert! Ich darf wohl sagen: Der König war außer sich! Er hat unverzüglich angeordnet, daß ihr in absehbarer Zukunft von den anderen Zöglingen ferngehalten werdet, um nicht auch noch in ihren lernwilligen Köpfen den Keim des Aufruhrs zu säen! Verstanden!?«
»Nein«, sagt Johanna.
»Ihr werdet jedenfalls bis zum kommenden Sonntag eure Zimmer nicht verlassen! Der König will euch so Gelegenheit geben, über eure Missetat nachzudenken und sie zu bereuen! Verstanden!?«
Die Kinder nicken traurig und werden dann sogleich auf ihre Zimmer gebracht und darin eingeschlossen.

Das magere Schwein stattet den Kindern einen Besuch ab

Am nächsten Morgen im Frühstückszimmer wartet auf die Kinder kein Frühstück, sondern ein mageres Schwein in einem schwarzen langen Kittel. »Ich bin Clemens«, stellt er sich vor, »unseres verehrten Königs leiblicher Vetter.«

»Und was willst du?« fragt Moritz mißtrauisch.

»Ich komme zu euch, und das müßt ihr mir glauben, als Freund, in freundschaftlicher Sorge, sozusagen«, erklärt das magere Schwein.

»Ihr fürchtet vielleicht, ich wolle euch hier eine Strafpredigt halten – mitnichten«, fügt er hinzu, als er Johannas gerümpfte Nase sieht. »Diese Zeit, die ihr auf euren Zimmern verbringen werdet, ist nämlich, und hier spreche ich ganz im Sinne und im Namen meines königlichen Vetters, recht eigentlich keine Strafe.«

»Was sonst?« fragt Robert.

»Sie soll der Besinnung dienen!« antwortet Clemens und legt seine Stirn in nachdenkliche Falten. »War es denn wirklich nötig, diesen törichten Fluchtversuch zu unternehmen?« Die Falten auf Clemens' Stirn verändern sich ein wenig. »Ist es für euch nicht viel besser, hier zu sein, hier, wo ihr keinen Mangel leidet: das Essen schmackhaft und reichlich, die Unterweisung interessant und kenntnisreich, viel Schlaf ... und häufig genug kommen doch auch Spaß und Spiel zu ihrem Recht, alles zu seiner Zeit; woran kann es da fehlen?« Die Falten verrutschen wieder etwas, so daß Clemens traurig aussieht. »Warum wolltet ihr also weglaufen, warum?«

Die Kinder schweigen.

»Seht ihr, ihr wißt es selbst nicht«, folgert Clemens voreilig, »doch ich verstehe euch dennoch! Ihr seid dies alles noch nicht gewohnt, seid mit eurer Umgebung noch nicht vertraut ... Oh, vielen ging es am Anfang wie euch, einige haben sogar noch heftiger aufbegehrt, haben noch ganz andere Dinge gemacht; törichte, gefährliche Unternehmungen, bis schließlich alle eingesehen haben, daß wir hier, wir alle, eure Lehrer und Erzieher, euer Bestes wollen, euer Allerbestes.«

»Ihr seht mich ungläubig an ... nun horcht einmal ganz tief in euch hinein!« Moritz hört, wie tief drinnen sein Magen deutlich knurrt. »... dann wißt ihr nämlich, daß ich im Grunde recht habe, oder ahnt es zumindest; und wir werden euch dazu bringen, daß ihr es ganz fest glaubt, darauf könnt ihr euch verlassen.«

Das magere Schwein steht auf, tritt zu Johanna und tätschelt ihr den Kopf. Johanna schüttelt sich.

»Ihr seid jung, ungestüm, ungebärdig; das ist eben das Vorrecht der Jugend seit jeher, ganz klar. Ich bin doch selbst jung gewesen«, Clemens lacht, als falle ihm eben etwas unglaublich Komisches ein, »hihi ... und habe damals die tollsten Streiche gemacht, hihi. Das könnt ihr mir glauben, ich war bestimmt kein Musterknabe, doch ich war meinen

Erziehern immer dankbar und wußte, wo die natürlichen und schicklichen Grenzen gezogen sind.« Clemens legt sich die Hände rechts und links an seine Schläfen wie Scheuklappen, um zu zeigen, wo seiner Meinung nach diese Grenzen verlaufen.
»Meine Erzieher haben mich zu Ruhe und Ordnung angehalten, und heute weiß ich, daß ich ohne sie nie das geworden wäre, was ich heute bin.«
Das magere Schwein macht eine Pause; wohl um den Kindern Gelegenheit zu geben, ihn lange genug anschauen zu können, um zu erkennen, wie erstrebenswert es ist, so zu werden wie er.
»Na ja . . .« sagt Robert. Er denkt lieber ans Frühstück.
Alle drei haben mittlerweile solchen Hunger, daß sie wirklich nicht mehr zuhören können.
»Ich hab so 'n Hunger«, sagt Moritz, ehe Clemens wieder beginnt. »Dafür habe ich vollstes Verständnis«, nickt das magere Schwein, »doch nicht umsonst habe ich euch so früh besucht, denn auf nüchternen Magen ist jeder empfänglicher für gute Lehren, glaubt mir . . .« Endlich scheint er weggehen zu wollen; doch er bleibt noch einmal stehen und legt drei Stapel Zettel auf den Frühstückstisch. »Die letzten acht lehrreichen Monatssprüche eures Königs, die ich in heitere Form zu bringen die Ehre hatte«, er lächelte verschämt, ist dann aber gleich wieder ernst und sagt mit erhobener Stimme: »Lest sie aufmerksam, diese königlichen Lehren, prägt sie euch ein, denkt darüber nach, lernt daraus!« Endlich macht er die Tür von außen zu.

Die Kinder machen das Beste aus König Schwartes Monatssprüchen

»Diese Sprüche sind doch verhauen!« ruft Robert durch die Wand zu Johanna hinüber.
»So, wie sie jetzt sind schon«, bestätigt Johanna, »aber man kann sie durchschneiden . . .«
»Durchschneiden? Wo denn?«
»Genau in der Mitte . . . und dann die Ober- und Unterteile vermischen!« — »Hä . . .«

»Na, die obere Hälfte des ersten Spruches mit der unteren des zweiten, dritten, vierten, fünften . . .«
»Schon gut!« Robert hat verstanden. »Ich werd' das mal Moritz erzählen!« und er läuft schnell zur gegenüberliegenden Wand hinüber.
»He, Moritz! Moritz!«
»Was is?«
»Wie findest du Schwartes Sprüche?«
»Bescheuert! Aber die Rückseiten kann man ganz gut bemalen.«
»Du mußt die Blätter in der Mitte durchschneiden, und dann die Unter- und Oberseiten vertauschen!«
»Dann gehn doch meine ganzen Bilder kaputt.«
»Hmm, vielleicht ist das auch recht komisch!?«
»Hast du eine Schere?«

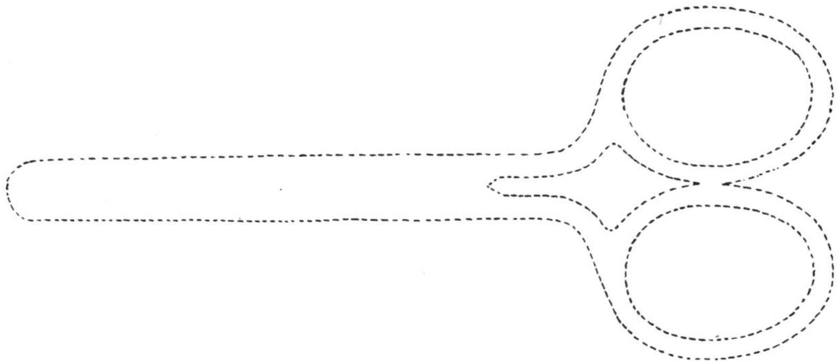

Eine Schere

Wer jetzt auch Monatssprüche oder Zeichnungen in der Mitte durchschneiden will, um neue Sprüche und neue Zeichnungen zu bekommen, braucht dazu eine Schere. Hier ist eine. Du kannst sie dir ausschneiden. Dazu brauchst du allerdings eine Schere. Wenn du eine Schere hast, kannst du die Schere ausschneiden. Dann hast du zwei Scheren. Wenn du keine Schere hast, kannst du die Schere nicht ausschneiden. Dann hast du keine Schere – ungerecht, oder?

Nichts ist befriedigender,
als wenn Du Dich des Morgens
schon mit dem ersten Sonnenstrahl
aus dem Bett erhebst, denn
dann öffnen Blüten ihre Kelche,
die Hähne krähen
und die Schafe laufen auf die Weide
und ein Gefühl überkommt Dich,
eins zu sein mit der Natur,
die wie Du ihr Tagwerk beginnt.

GUTEN TAG

Wenn Du schon in jungen Jahren
ordentlich eins auf den Hut kriegst,
die Leute Dich gehörig rannehmen
und Dir genug Tritte versetzen,
dann wirst Du gestählt sein
für Dein späteres Leben,
und zu denen gehören,
die anderen ordentlich auf den Hut geben,
wenn sie es nötig haben,
und ihnen einen Tritt verpassen,
wenn sie einen brauchen!

TURNEN

Wenn Du die Kraft Deiner Hände
und die List Deines Kopfes
nur recht zu nutzen weißt,
dann wirst Du ganz gewiß
manchen Taler beiseite legen können;
und wenn Du überdies Sorge trägst,
daß ein Säcklein zum andern komme
dann wirst Du nicht nur ein wohlhabender Mann sein,
der sich das Leben recht angenehm machen kann,
sondern auch von jedermann geehrt sein
und mit guten und gescheiten
Leuten bei Tische sitzen,
und Dein Wort wird was gelten
im Lande!

FUSSBALL

Wenn Du meinst:
laß die Leute doch denken,
was sie wollen;
und: es ist doch mein Geschlechtsteilchen
mit dem ich da spiele!
und: was geht denn die das an?
dann laß Dir gesagt sein,
daß das nichts taugt,
weil das einhergeht
mit gewissen Gefühlen,
und daß es auf der Welt
wahrhaftig Wichtigeres gibt,
als Deine Gefühle!

KITZELN

Wenn Dir mal was nicht gefällt,
und Du denkst: Muß das so sein?
und Du willst was dagegen tun,
dann laß das lieber,
sonst kommst Du in Teufels Küche,
dann kannst Du schon mal
Dein Maul aufreißen,
aber besser ist es,
wenn Du's zuläßt,
damit keine Fliegen reinfliegen!

ZiRKUS

Wenn Du gar zu viel wissen willst
und immer meinst:
da paßt noch was rein
in Deinen Kopf;
und: Du müßtest alles versteh'n
dann laß das lieber,
denn es gibt Leute,
die das weit besser können als Du
mit Deinem geringen Verstand!

TEE

Wenn Du beizeiten erkennst,
wann Du Deinen Diener machst
und sagst: »Sehr wohl, mein Herr!«
»Allzeit zu Ihrer Verfügung!«
und wann Du wem aufs Haupt haust
und sagst: »Du kannst gern noch mehr haben,
wenn Du nicht spuren willst!«

dann wirst Du Deinen Weg
schon machen!

BOXEN

Wenn Du so viel hast,
daß es eben zum Sattwerden reicht,
dann kannst Du vielleicht
mehr Freude haben
am Zwitschern der Vögel
und an der Art,
wie die Bächlein zu Tal geh'n
als ein Reicher
mit all seinem Reichtum
auf dem Buckel
und der ganzen Verantwortung!

KÜSSEN

Moritz fällt nichts ein

Johanna hat Moritz eine Botschaft zugesteckt: WIR MÜSSEN UNS WAS EINFALLEN LASSEN, WENN WIR HIER NICHT EWIG VERSAUERN WOLLEN.
Nun liegt Moritz auf seinem Bett und will sich was einfallen lassen. Dabei hat er die muschelig gemusterte Tapete vor Augen, in der er komische und böse Gesichter sieht, seltsame Tiere und lauter Zeug, aber nichts, was ihm weiterhelfen kann.
Einmal schaut Fräulein Bellmaus herein und überreicht Moritz etwas Lustiges, ein Faltblatt. Vielleicht ist es wirklich ganz lustig. Aber Moritz kann heute nichts lustig finden.

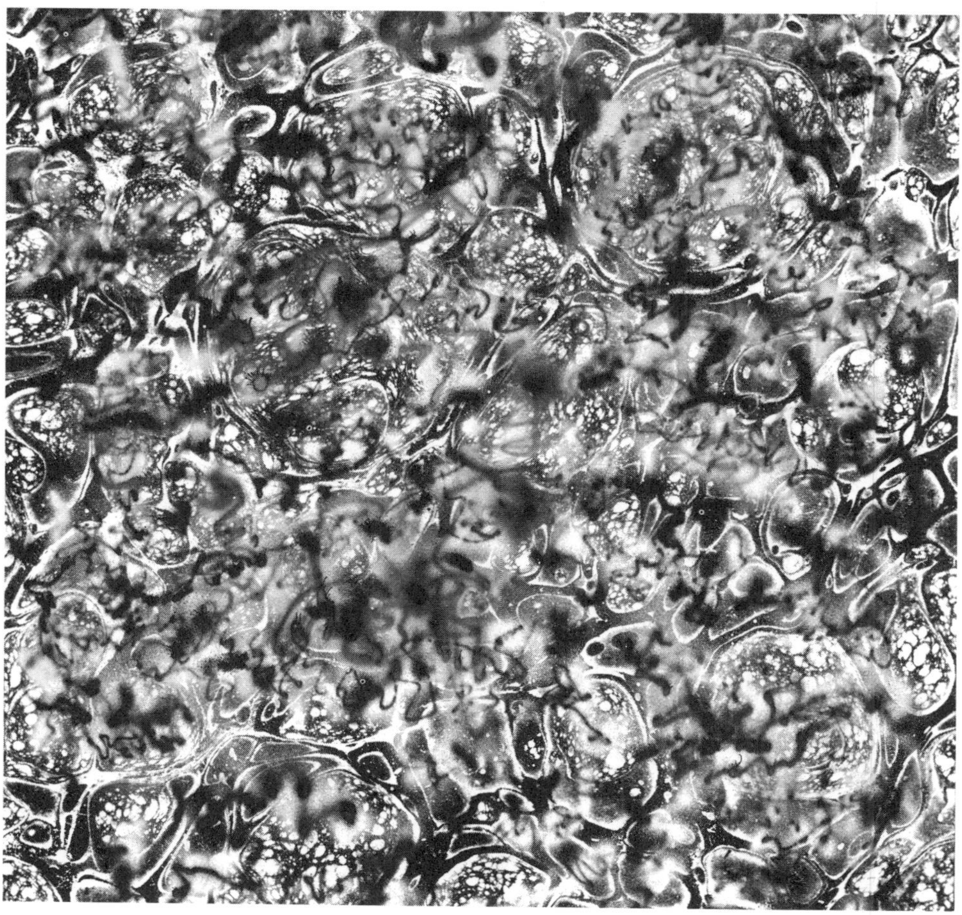

Wer dies Faltblatt richtig faltet,
weiß auch, wer dies' Land verwaltet
KOMM DOCH
NÄHER RAN.
SCHWER. HEISST ER JOHANN
ES LEB

EIN WENIG
ES IST NICHT
RLLUDWIG ODER BONAPARTE
INSER

Robert fällt was ein

Robert fällt eine Geschichte ein, in der zwei Gefangene eine Geheimschrift hatten, die in der Geschichte sehr nützlich war. Deshalb denkt sich Robert eine Geheimschrift aus. Zuerst vertauscht er alle Buchstaben. Aber das kann man rauskriegen, fürchtet Robert.

Im bol ierdon ier Bunk, zil foggi mpfbolhi Kämhi, ierir mpfbolhir Niet, ierir mpfbolhir Mpfborh arz ierir mpfbolhir Suxk. Ral fergil zir Uflir bol il ier birew lug, arz zimfont rorrgir efr onni Lugsöxxpfir. Ierim Gowin leik efr mieri Gupfil: »Fi, Lugsöxxpfir, feil fot epf ier Mgäpsnier Bier arz ieri Knompfi junn Sapfir, wif arz tlerw zom zid Wlumhxoxo, zin emg silrwimarz arz ölwilg mepf timgeddg zolätil. Otil noak mpfür zalpf zir Bonz arz sudd repfg oak zir Biw, oak zid zom snieri zepsi Dözpfir mxoheilir tifg, za belmg zel murmg zir Dowir zolor jilziltir.«
Mu dopfgi mepf Lugsöxxpfir oak zir Biw had Wlumhxoxo. Bei im otil mu zalpf zir Bonz goxxgi, zopfgi im tie mepf: »Bom munn epf feil zalpf zei Tnadir mganxilr, birr im oapf ieri mpfüri Mglomhi wetg«, arz mxlorw oak zei Mglomhi. Zupf soad foggi im zom wigor, zo sod oapf mpfur zom snieri zepsi Dözpfir zofil arz mxlopf: »Wlämh zepf, Lugsöxxpfir, bufer zim Biwm?« – »Had Uxo, Sapfir arz Bier tlerwir«, mowgi Lugsöxxpfir, »bien il rupf mu wimarz emg.« – »O«, mowgi zom snieri zepsi Dözpfir, zom oapf wilr rupf zid Uxo zir Dowir jilzultir föggi, »bu bufrg zirr zier Uxo?« – »Rupf ieri mpfnipfgi jeilgin Mgarzi zei Mglomhi ferargil«, mowgi Lugsöxxpfir. »Mpfoa«, leik zo zom snieri zepsi Dözpfir, »zei jeinir mpfürir Mgierpfir oak zil Mglomhi, wif arz moddni zid Wlumhjogil zier Mpfraxkgäpfnier jann, zom ölwilg efr oapf.« Zom niapfgigi Lugsöxxpfir ier, arz im tiworr ha moddinr arz mubiegil arz mukulg.

Dann schreibt Robert ein Lied auf, das Fräulein Bellmaus öfter singt, und macht sich eine Schablone, ein Papier, in das er kleine Fensterchen schneidet. Wer diese Schablone richtig auf das Lied legt, erkennt den geheimen Text. »Das ist schon besser«, meint Robert, »vielleicht können wir diese Schablone noch brauchen. Vielleicht auch nicht.«

WER HAT DIE SCHÖNSTEN SCHÄFCHEN

WER HAT DIE SCHÖNSTEN SCHÄFCHEN?
DIE HAT DER GOLD'NE MOND,
DER HINTER JENEN BÄUMEN
AM HIMMEL DROBEN WOHNT.
ER KOMMT AM SPÄTEN ABEND,
WENN ALLES SCHLAFEN WILL,
HERVOR AUS SEINEM HAUSE
ZUM HIMMEL LEIS' UND STILL.
DANN WEIDET ER DIE SCHÄFCHEN
AUF SEINER BLAUEN FLUR,
DENN ALL' DIE WEISSEN STERNE
SIND SEINE SCHÄFCHEN NUR.
SIE TUN UNS NICHTS ZU LEIDE,
HAT EINS DAS AND'RE GERN,
UND SCHWESTERN SIND UND BRÜDER
DA DROBEN STERN AN STERN.
UND SOLL ICH DIR EINS BRINGEN,
SO DARFST DU NIEMALS SCHREIN,
MUSST FREUNDLICH WIE DIE SCHÄFCHEN
UND WIE IHR SCHÄFER SEIN.

Sonntagmittagessen

Am Sonntag ist die Strafzeit, wie angekündigt, zu Ende.
Und damit die Kinder das auch merken, sagt Fräulein Bellmaus: »Heute gibt es etwas ganz besonders Feines!«
Kartoffeln, Sauce und Spinat—na ja. Die Sauce, die Fräulein Bellmaus beim Austeilen am meisten lobt, ist weiß und klumpig; sie schmeckt ziemlich scheußlich, aber immerhin kann man mit ihr auf dem Teller »stilles, weißes Meer« spielen: Robert verteilt seinen Kartoffelbrei mit der Gabel, gräbt dann mit dem Löffel breite Flüsse hindurch, in die er die Sauce leitet, bis schließlich alles Breiland vom stillen weißen Saucenmeer umspült wird; der grüne Spinat wird zu Wiesen und Wäldern.
Nur schade, daß Robert kein Schiff dabei hat, das er auf seinen Gewässern schwimmen lassen könnte.

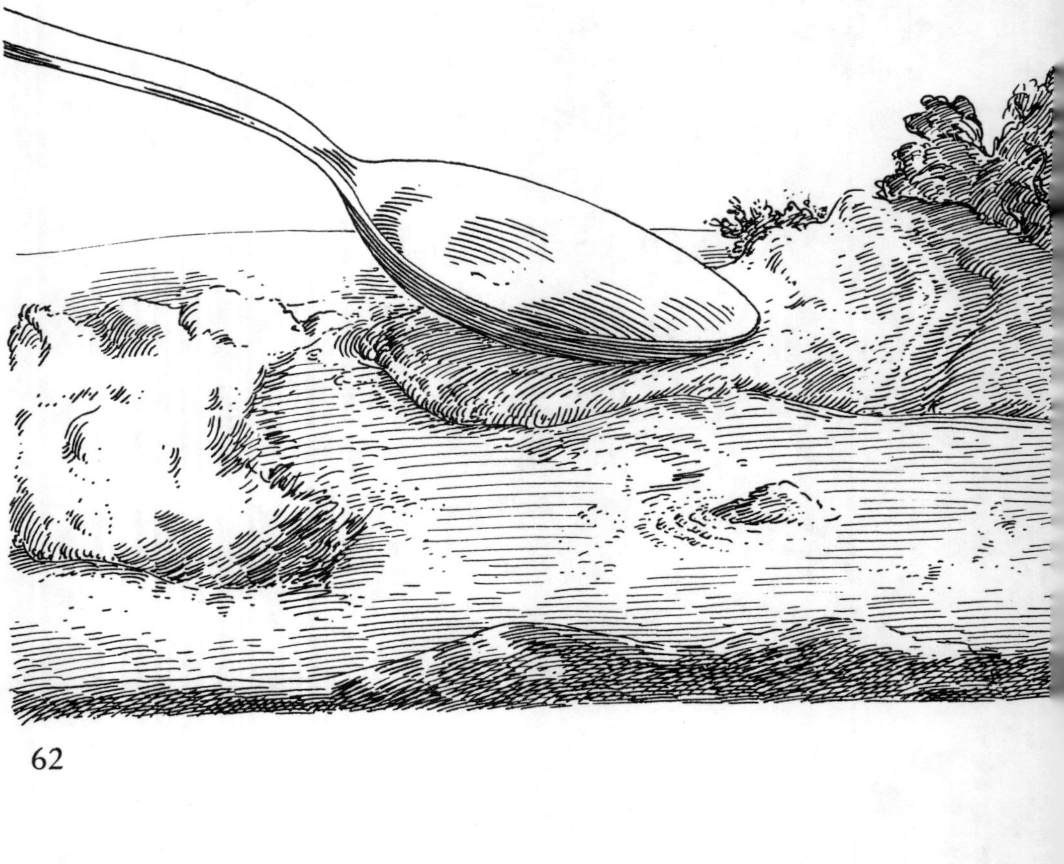

›Aber Hochwasser‹, denkt Robert, ›das möchte ich mal spielen‹, und bittet daher Fräulein Bellmaus um einen neuen Löffel Sauce.
»Robert, ich sehe: Du hast noch gar nichts gegessen. Wozu also willst du noch mehr Sauce?« fragt Fräulein Bellmaus.
»Damit ich Hochwasser spielen kann!« antwortet Robert wahrheitsgemäß.
»Hier wird gegessen und nicht gespielt! Und mit Wasser schon überhaupt nicht!«
»Aber«, setzt Robert an, der erklären will, daß er ja gar kein Wasser brauche, sondern Sauce, um in seinem stillen Meer wenigstens mal eine kleine Sturmflut veranstalten zu können.
Doch Fräulein Bellmaus läßt ihn nicht ausreden, sondern faucht:
»Kinder, die spielen wollen, sind satt«, dabei nimmt sie Robert seinen Teller weg, »und satte Kinder wollen nichts mehr essen!«
»Doch«, sagt Robert, denn er ist überhaupt nicht satt und hat noch großen Hunger.

»Du kannst von mir was kriegen, Robert«, mischt sich Johanna ein, »ich mag sowieso keinen Spinat.«
Johanna steht auf, um Robert ihren Teller, der noch halbvoll ist, hinüberzureichen. Doch damit ist Fräulein Bellmaus nicht einverstanden: Sie springt auf und reißt Johanna den Teller heftig aus der Hand; dabei spritzt etwas von der weißen, klumpigen Sauce auf ihr blaues Kleid und macht helle Punkte drauf.
Fräulein Bellmaus schreit laut auf vor Entsetzen, und jetzt schreit auch Moritz, dem die Sauce sowieso nicht schmeckt:
»Meine kannst du auch noch haben!«
Er hebt seinen Teller mit einer Hand bis auf Augenhöhe hoch, zielt sorgfältig und schnipst dann mit dem Zeigefinger einen klumpigen Klacks Sauce auf Fräulein Bellmaus' Rücken; gleich noch einen darüber, einen drunter, einen rechts, einen links ...
Das macht wirklich Spaß und sieht auch noch schön aus – findet Moritz. Doch Fräulein Bellmaus ist anderer Meinung: sie drückt die Alarmklingel, und schon fliegt die Tür auf. Drei bösartig blickende Hunde stürzen herein. Einer bekommt Moritz, letzten Spritzer genau aufs Auge.
Der getroffene Hund heult wütend auf, Moritz läßt vor Schreck seinen Teller fallen; Robert weint; Johanna lacht; der Teller zerklirrt auf dem Fußboden; die Hunde knurren; Fräulein Bellmaus schreit etwas; Kartoffeln rollen herum; Robert weint nicht mehr; Johanna lacht noch immer; niemand versteht etwas ...
... und dann haben die drei Hunde die Kinder auch schon von hinten gepackt, schieben sie zur Tür hinaus, den Gang entlang zu ihren Zimmern, während Fräulein Bellmaus hinter ihnen mit hoher, übergeschnappter Stimme schreit: »Zur Strafe wird heut nicht gespielt! Zur Strafe wird ...« Zack-za-zack! Die Türen werden hinter den Kindern krachend zugeworfen. Alles ist auf einmal ganz still.
Robert, Moritz und Johanna sitzen schon wieder ganz allein in ihren Zimmern, jeder auf seinem Bett!
Alle sind ziemlich hungrig und wohl auch ein wenig traurig, weil sie sich doch auf das Spielen zu dritt gefreut hatten. Aber wenn man nicht wirklich spielen darf, so kann man sich wenigstens vorstellen, was man machen würde, wenn ...

Die drei Wünsche

1. Robert liebt knifflige Sachen; Spiele, die knifflig sind und außerdem noch schön aussehen. Deshalb mag Robert gern Zusammensetzspiele, Puzzles, obwohl die gewöhnlich den Nachteil haben, daß sie erst dann schön aussehen, wenn sie fertig sind.
Es müßte, denkt Robert, ein Puzzle geben, bei dem die einzelnen Teile schon etwas Schönes darstellen und ganz unterschiedlich geformt sind, klein oder groß, kurz oder lang, dick oder dünn... Jedes Teil müßte ein ganzes Tier sein, nicht zerstanzt und nicht zerschnitten, und zusammengesetzt müßten alle Tiere doch wieder eine regelmäßige Form geben: Ein Tierpuzzle mit vielen verschiedenen Tieren, ein Fisch müßte dabei sein und ein Vogel, ein Löwe und ein Elefant womöglich; denn Elefanten sind Roberts Lieblingstiere.

2. Moritz will endlich raus aus König Schwartes Anstalt. Dafür müßte man entweder ganz groß sein und stark oder ganz klein; ganz klein ist besser, entscheidet Moritz; so klein, daß man durchs Schlüsselloch kriechen kann! Aber wenn man so klein ist, wie kommt man dann an der Tür bis zum Schlüsselloch hoch? Ich mach mir aus dünnem Zwirn ein Lasso, überlegt Moritz, werf es um die Klinke und klettre daran hoch. Dann nehm ich es mit und schlüpfe durchs Schlüsselloch; draußen mach ich es wieder fest und laß mich daran hinunter. Moritz steht also schon auf dem Gang; alle rennen an ihm vorbei, niemand bemerkt, wie er sich nah an der Wand entlangschleicht. Der Gang ist natürlich furchtbar lang für jemanden, der so klein ist wie Moritz; wohin soll er gehen?

3. Johanna findet den Unterricht in König Schwartes Anstalt ziemlich blöd. Dauernd kriegt man irgendwas erzählt und soll daran glauben! Nie darf man selbst nachdenken, um etwas herauszufinden. Dabei denkt Johanna sehr gern nach. Ein Buch müßte man haben mit witzigen Bildern und Aufgaben. Bilder, in denen etwas vertauscht ist, oder Bilder, bei denen man herausfinden muß, warum die Sachen darauf überhaupt zusammengehören, und Bilder, die man buntmalen kann... So ein Buch wünscht sich Johanna.

Hier stimmt doch was nicht: irgend etwas ist in jedem Bild vertauscht.

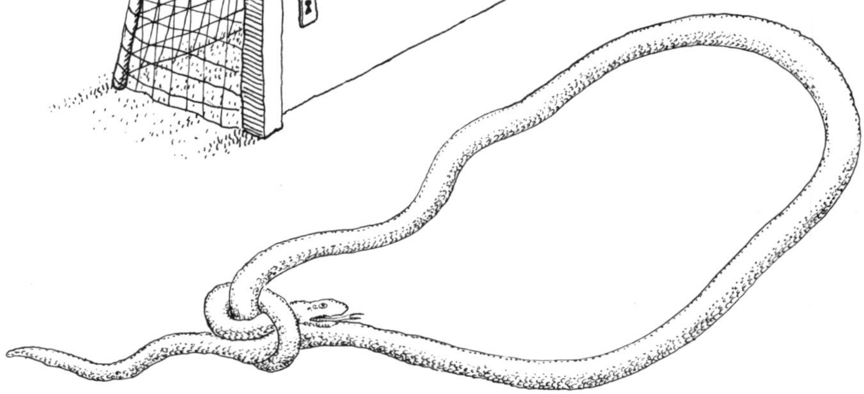

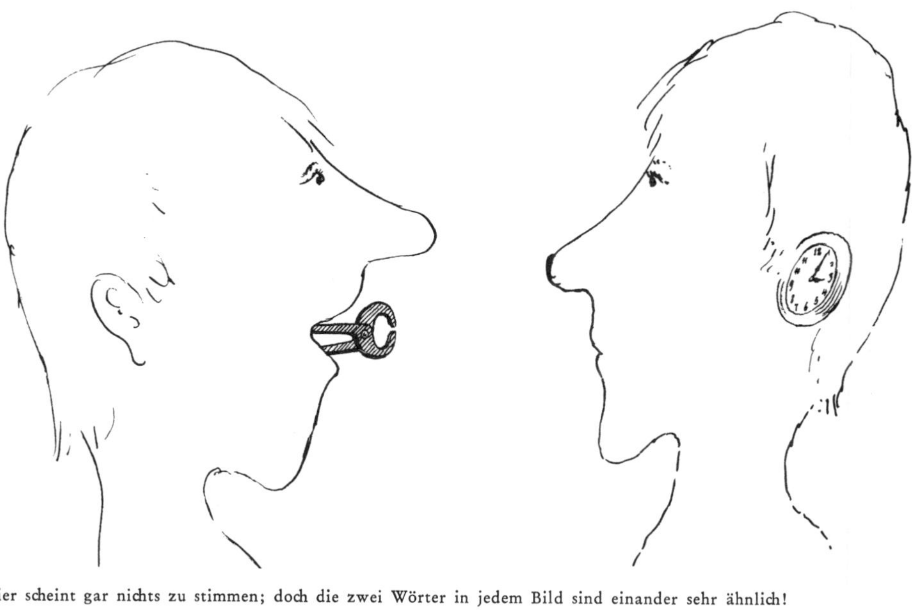

Hier scheint gar nichts zu stimmen; doch die zwei Wörter in jedem Bild sind einander sehr ähnlich!

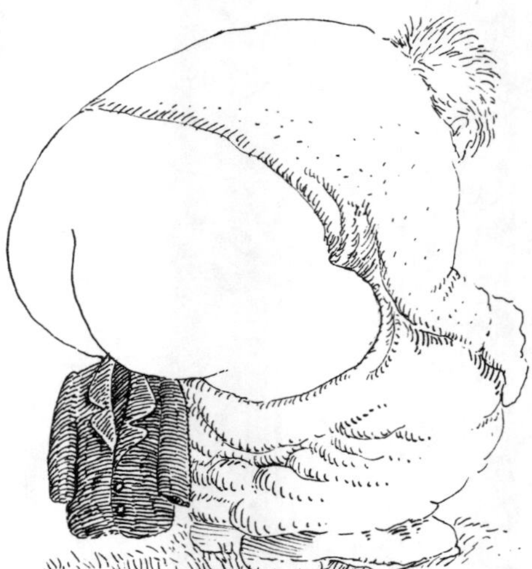

Hier sind auch in jedem Bild zwei Worte; die geben zusammen einen Reim.

der . . . . . bär

das . . . kehlchen

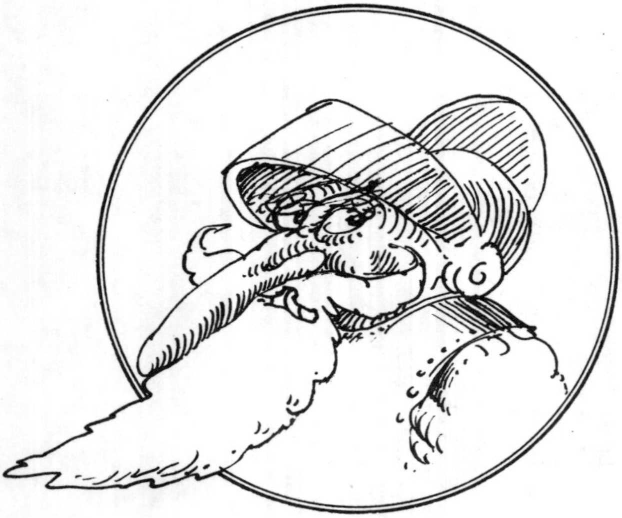

Ritter . . . . bart

die Frau mit dem . . . . . . blick

der . . . . randkäfer

der . . . . schnabel

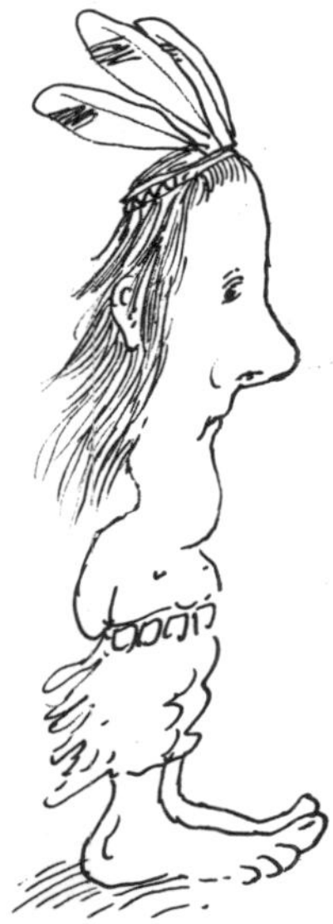

der . . . . fußindianer

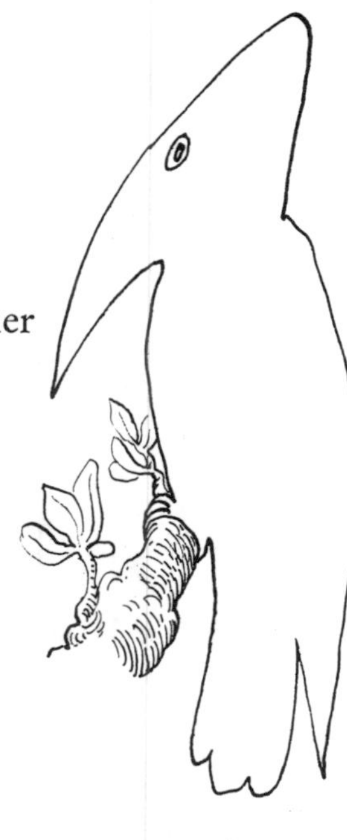

der . . . . specht

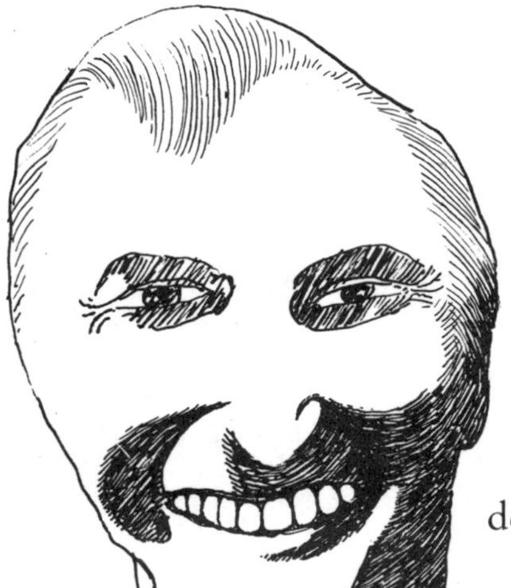

der Mann mit dem . . . . zahn Hier fehlt noch etwas: die richtigen Farben könnt ihr selbst hineinmalen.

Vor dem Einschlafen

Es ist dunkel geworden.
Moritz ist immer noch so groß wie vorher und liegt noch immer auf seinem Bett in König Schwartes Anstalt. Er ist ein bißchen traurig und kann nicht einschlafen.
Wenn das hier so weitergeht: nie darf man zusammen spielen ... nächsten Sonntag werde ich beim Essen ganz ruhig sein und lieber nicht mit Sauce spritzen ... nimmt sich Moritz vor.
Er steht auf und geht zum Fenster. Alle Fenster im Schloß, die man von hier aus sehen kann, sind dunkel; am nachtblauen Himmel droben blitzen hell die Sterne, und die sehen genauso aus wie weiße Saucenflecke auf Fräulein Bellmaus' blauem Kleid.

Im Spielzimmer

Erst eine ganze lange Woche später können die Kinder zusammen spielen; sie sind beim Mittagessen ziemlich ruhig gewesen, haben die Kartoffeln samt Sauce und Spinat hineingestopft und »also«, hat Fräulein Bellmaus gesagt, »dürfen die Zöglinge heute nachmittag ins Spielzimmer, um zu spielen.«

Das Spielzimmer ist ein großer hoher Raum mit einem Fenster, einem großen Schrank, einem Tisch und ein paar Stühlen darin. Die Wände sind weiß und kahl, nur an einer hängt ein Bild, eins von König Schwarte natürlich; darunter steht der Spruch:

Daß das Spiel uns nicht entarte,
darauf achtet König Schwarte!

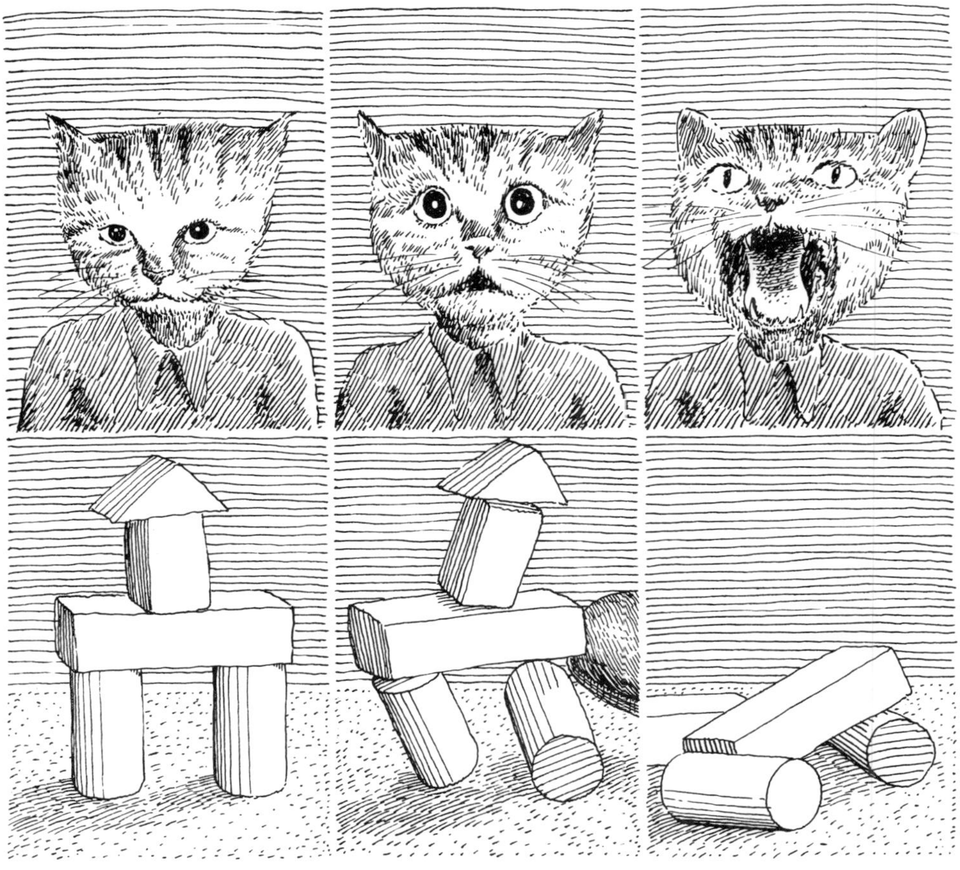

Fräulein Bellmaus erklärt, was das bedeutet: »Zöglinge sollen immer unter Aufsicht spielen, damit sie nichts Unnützes, Dummes tun; richtiges Spielen will gelernt sein!«
»Wir können spielen!« rufen die Kinder.
Fräulein Bellmaus macht: »Pssst, geht zu dem großen Schrank und holt einen Kasten bunter Bauklötzer heraus: Damit bauen wir jetzt ein Haus!« sagt sie. »So und so und so . . .« zeigt Fräulein Bellmaus und setzt einen Baustein auf den anderen.
»Ach Quack«, sagt Moritz und gibt dem langweiligen Haus einen Fußtritt: das Haus bricht zusammen. Robert und Johanna müssen darüber lachen, besonders als sie sehen, was für ein entsetztes Gesicht Fräulein Bellmaus dazu macht.
»Das ist genug«, keift sie, »ihr undankbaren Gören!«
»Undankbare Gören, darf man niemals stören!« singt Moritz.
Fräulein Bellmaus ist sichtbar beleidigt, sie wirft den Kopf hoch und rennt zur Tür.
»Undankbare Gören, darf man niemals stören!« singen jetzt alle.
»Das könnt ihr haben!« Fräulein Bellmaus schlägt die Tür von außen zu und schließt ab.
Robert, Johanna und Moritz sind endlich allein im Spielzimmer. Sie haben zu singen aufgehört und lauschen, ob Bellmaus vielleicht doch zurückkommt.

Wo steckt Robert?

Alles bleibt still.
»Ein Glück!« stöhnt Moritz erleichtert.
»Was machen wir nun?«
»Kriegen!« schlägt Moritz vor und rennt los.
»Ach nee, das ist doch viel zu klein hier drin«, Moritz läuft immer noch im Kreis herum, »laßt uns lieber Versteck spielen!« schlägt Johanna vor. Sie fängt an abzuzählen:

»Warte, warte, König Schwarte
macht bald schlapp, und du bist ab.«

Robert ist raus, beim zweitenmal Johanna; Moritz muß also suchen. »Ich zähl' bis dreizehn«, verkündet er und dreht sich mit dem Gesicht zur Wand. Er paßt genau auf, denn auch wenn man nichts sehen kann, die Geräusche verraten allerhand: Es knarrt und raschelt, irgend jemand kichert leise. 11, 12, 13! »Alles muß versteckt sein!«
Moritz dreht sich blitzschnell um: das Zimmer scheint leer. Moritz behauptet: »Ich seh euch wohl!« dabei sieht er gar nichts; wieder muß jemand kichern. Das kam vom Fenster.
Der Vorhang hängt auch so seltsam, jetzt bewegt er sich sogar und kriegt eine Beule; unten guckt eine Fußspitze hervor.
»Komm ruhig raus, Robert!« ruft Moritz, geht langsam und leise auf den Vorhang zu und reißt ihn beiseite: Da steht Johanna und muß furchtbar lachen. »Ab!« sagt Moritz und schaut sich schon nach Robert um: unter dem Tisch ist er nicht, auf dem Schrank ist er nicht, und drinnen ist er auch nicht. »Hä!?« brummt Moritz und macht den Schrank wieder zu.
Wo ist Robert?
»Weißt du, wo er ist?«
Johanna schüttelt den Kopf und deutet stumm auf den Schrank.
Moritz schaut zum zweitenmal nach: nichts, nur ein paar Spielsachen! Der Schrank ist sonst völlig leer.
»Robert, mach mal piiep!« bittet Johanna.
Moritz hält den Atem an und lauscht angestrengt ...
»Pssst«, macht er, irgendwas hat sich im Schrank gerührt, oder ...
»Lauter!« verlangt Moritz und öffnet den Schrank aufs neue.
»Piiep«, kommt es leise und dumpf heraus; Moritz und Johanna beugen sich in den Schrank.
»Robert, komm, du hast gewonnen!« bittet Moritz.

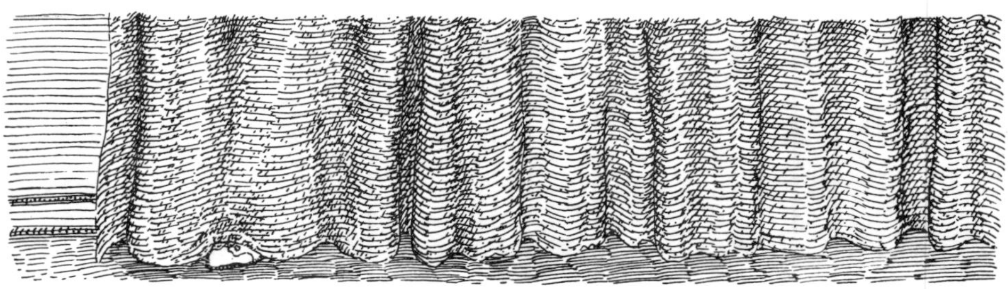

Das Zimmer hinter dem Schrank

Etwas raschelt im Schrank, etwas bewegt sich, eine Hand kommt aus der Rückwand, eine kleine weiße Hand . . .
»Kommt ihr doch rein!« sagt eine Stimme, und das ist glücklicherweise Roberts. Moritz schiebt ein Brett aus der Rückwand zur Seite. Die Öffnung ist etwas schmal, aber man kann sich doch hindurchzwängen.
Robert lacht leise, als Johanna und Moritz neben ihm in dem dunklen Zimmer hinter dem Schrank stehen und sich staunend darin umschauen.

Was bewegt sich da?

Da wippt eine Wurst?

Da hängt ein Hering?

Da schlängelt eine Schlange?

»Ein prima Versteck, wie?« fragt er stolz.
Moritz und Johanna nicken nur; es ist schwierig, in der Dunkelheit etwas zu erkennen:
Allerlei Gerümpel liegt hier herum. Hohe schwere Sessel, die nur noch auf drei Beinen stehen, große, dunkle Plüschsofas, denen die Arm- oder Rückenlehnen fehlen; dort ein seltsamer großer Kasten; bis zur halben Höhe holzverkleidet, darüber nach allen Seiten offen, mit Tragegriffen hinten und vorn und einem Dach aus goldenem Stoff; außerdem noch ein Haufen alter fleckiger Bilder, ein paar durchlöcherte Fahnen, alte rostige Waffen, ein grauer Schlauch . . . Was ist das?
Ein Schlauch, der sich bewegt!?

Da wuselt ein Wiesel? Die Kinder kommen nicht drauf.

Kommt ihr drauf?

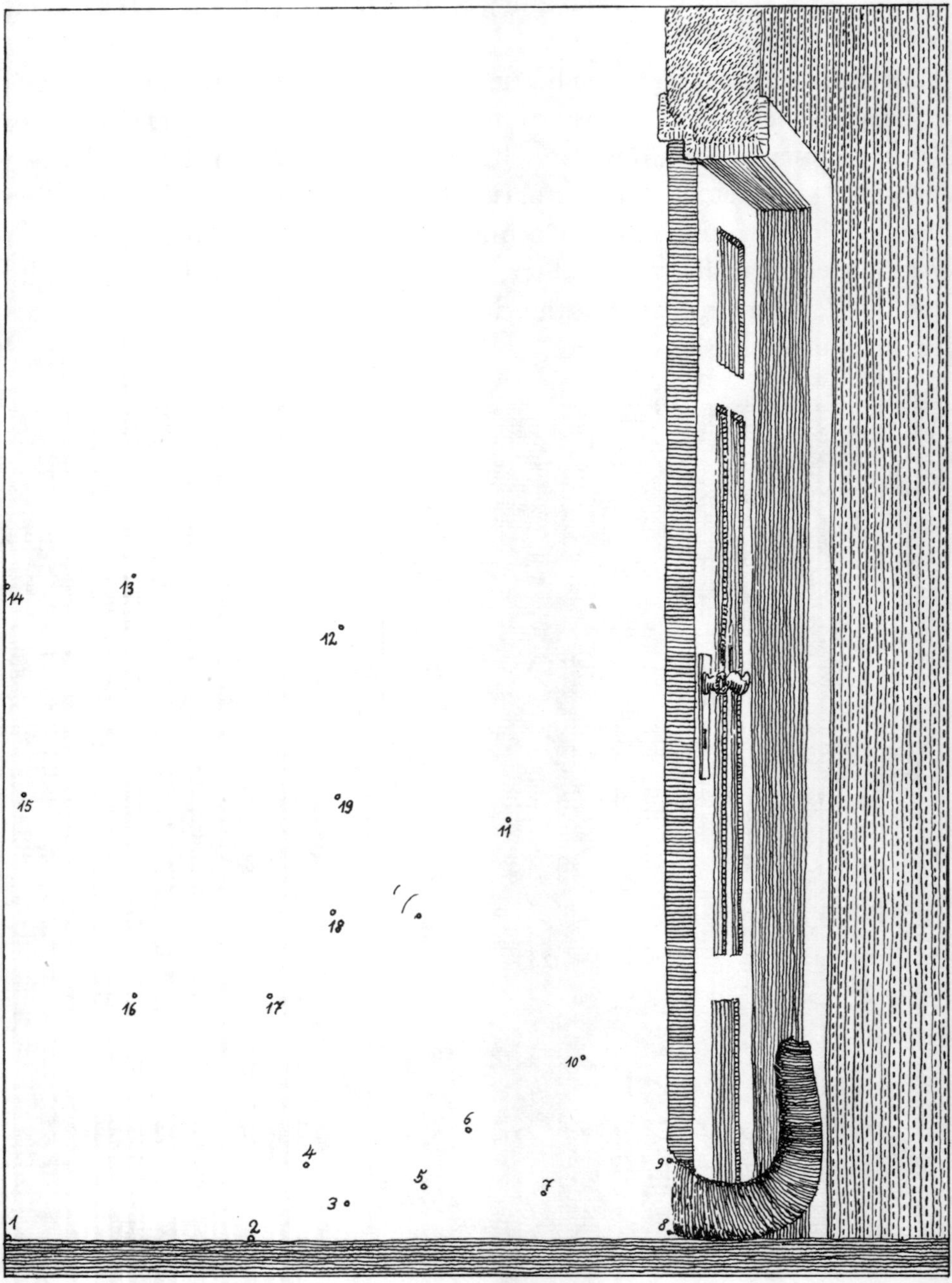

Wenn ihr die Zahlen von 1-19 verbindet, kommt ihr bestimmt drauf.

»Deine Oberlippe?« fragt Johanna ungläubig.
»Sozusagen«, antwortet Holger, »man nennt das wohl Rüssel bei uns Elefanten!« Holger möchte wissen, mit wem er es zu tun hat.
»Ich bin Moritz«, sagt Moritz. »Ich, Johanna«, sagt Johanna.
»Robert«, flüstert Robert.
»Wie bittchen?« Holger hat ihn nicht verstanden.
»Ich bin Robert!« Und dann erzählen die Kinder, wie sie in König Schwartes Anstalt hineingeraten sind. Moritz macht kein Hehl aus seiner schlechten Meinung von den Zuständen hier: »Ist doch alles bescheuert!« faßt er zusammen.
»Na, meint ihr etwa, ich sitze freiwillig in diesem finsteren Loch hier?«
»Kommst du denn nie heraus?« fragt Robert.
»Doch, doch; immer dann, wenn es was besonders Schweres zu tun gibt: Bäume ausreißen, Säcke schleppen, Straßen walzen . . .« Holger seufzt, »und am Kronenfest natürlich.«
»Kronenfest!? Was'n das?« will Moritz wissen.
»Jedes Jahr zeigt sich König Schwarte einmal seinen Leuten und läßt sich bejubeln und feiern.«
»Soso; wann denn?«
»Am Montag, dem 22. August; in gut zwei Wochen also.«
»Und was hast du dabei zu tun?«
»Ich muß die Sänfte herumschleppen, in der er sitzt. Sie steht da drüben bei euch.«
»Ach ja . . .« Der große halboffene Kasten aus Holz ist also eine Sänfte.
»Wozu soll denn das alles gut sein?« wundert sich Johanna.
»Hmmhmm . . .« Holger zögert mit einer Antwort. »Ich vermute, er will allen zeigen, daß er noch da ist, daß er noch König ist, mit Krone und allem Drum und Dran. Er guckt dann grimmig von oben auf alle runter.«
»Womöglich will er denen angst machen?« vermutet Robert, doch Holger hat ihn offenbar überhört; trotz seiner großen Ohren ist er nämlich ein klein wenig schwerhörig. »Die rohe Arbeit ist ja an sich schon scheußlich genug, aber dieser Umzug ist das allerschlimmste«, seufzt Holger, »entwürdigend . . .«

»Warum läßt du dir denn das gefallen?« Robert fragt, um Holger von seinem Kummer abzulenken; doch Holger schweigt.
Moritz versucht, ihm Mut zu machen: »Mann, Holger, du bist doch viel stärker als dieses Schwein!«

Moritz denkt sich das so einfach

Holger hat einen Plan

Holger winkt mit dem Rüssel müde ab: »So einfach ist das nicht; Schwarte ist immerhin König: er hat die Krone!«
Robert überlegt, wie Holger und allen zu helfen wäre: »Dann muß man . . . dann müssen wir König Schwarte seine Krone eben wegnehmen!«
»Klar, wir klauen die Krone!« Moritz und Johanna sind begeistert von dieser Idee. Wenn's weiter nichts ist . . .
»Meint ihr, ich hätte daran noch nie gedacht?« Holgers Stimme klingt beinah beleidigt. »Aber wie denn?« Es scheint tatsächlich unmöglich: König Schwarte läßt sich ja nie blicken, und seine Gemächer sind dauernd bewacht von seiner Hundegarde. »Da ist nichts zu machen.« Holger ist traurig.
»Womöglich doch!« Robert hat zwar keine Idee, aber so schnell mag er nicht aufgeben.
»Übrigens«, Holger schiebt ein Blatt Papier durch das Loch in der Wand, »ich hab hier einen Plan vom Schloß, könnt ihr mir bitte einzeichnen, wo eure Zimmer liegen?« – »Klar!« Aber die Kinder haben nichts zu zeichnen bei sich.
»Momentchen.« Holger reicht den Kindern mit dem Rüssel einen Bleistift. Während sie den Plan anschauen und Moritz ihn ergänzt, erzählt Holger davon, wie gern er Blumen mag, und beklagt, daß der Schloßgarten in so verwahrlostem Zustand ist. »Blumen sind wunderbar . . . diese Farben, dieser Duft.« Holger holt ganz tief Luft und muß sogleich furchtbar laut husten, weil es im Zimmer hinter dem Schrank so staubig ist.
Beinah hätten die Kinder deshalb die Klingel überhört.
»Wir müssen rüber!« Moritz gibt Holger schnell den Plan zurück, in den jetzt ihre Zimmer eingezeichnet sind.
»Mach's gut, Holger.«
»Bis nächsten Sonntag!«
»Tschüsss«, sagt Holger. – »Tschüsss!«
Die Kinder kriechen durch den Schrank ins Spielzimmer, machen die Schranktür zu; gerade noch rechtzeitig, ehe Fräulein Bellmaus sie zum Abendessen abholen kommt.

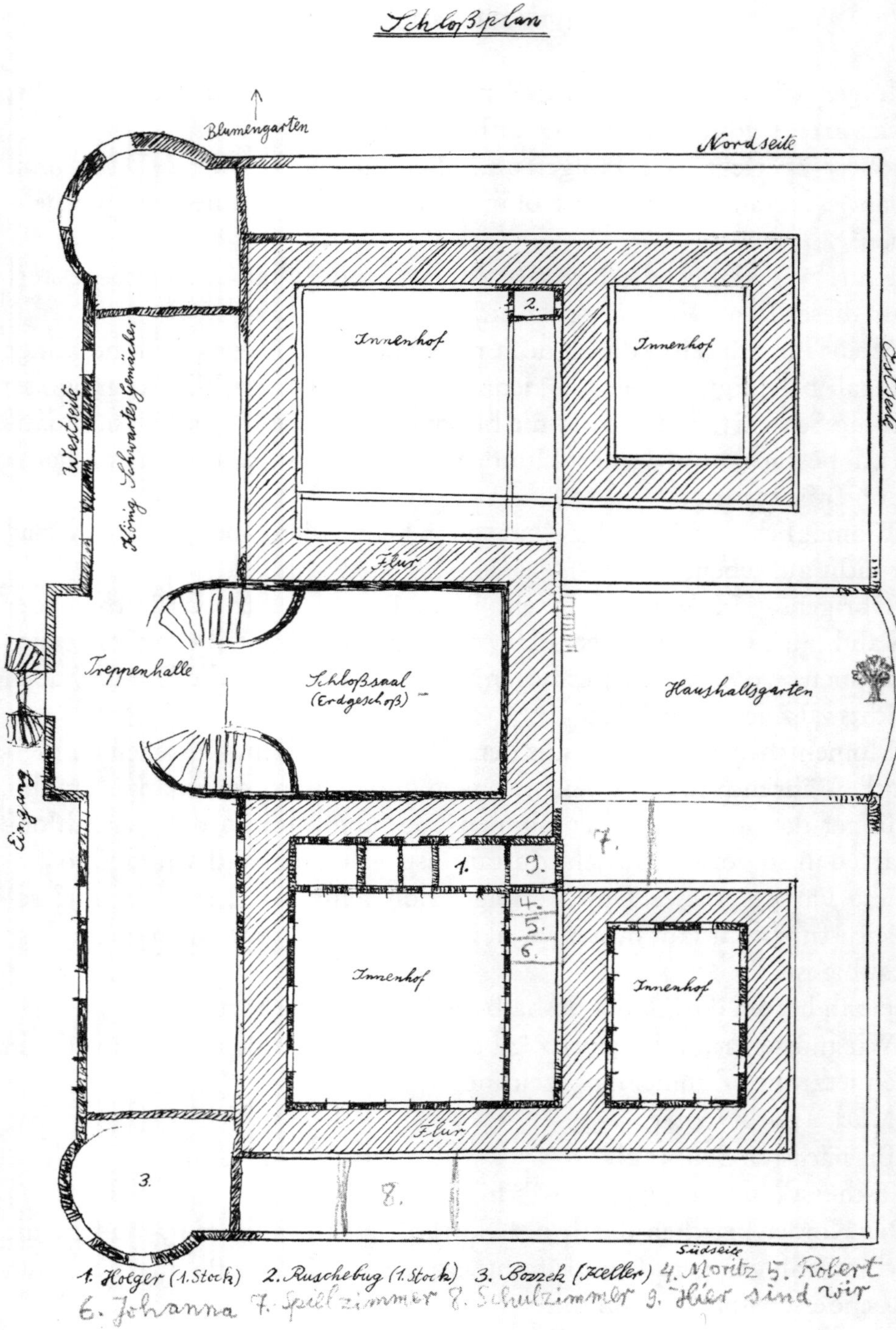
Schloßplan
Blumengarten
Nordseite
Innenhof
2.
Innenhof
Ostseite
Westseite
König Schwartes Gemächer
Flur
Treppenhalle
Schloßsaal (Erdgeschoß)
Haushaltsgarten
Eingang
7.
1.
9.
4.
5.
6.
Innenhof
Innenhof
Flur
3.
8.
Südseite
1. Holger (1. Stock) 2. Ruschebug (1. Stock) 3. Bozzek (Keller) 4. Moritz 5. Robert
6. Johanna 7. Spielzimmer 8. Schulzimmer 9. Hier sind wir

Von Fenster zu Fenster

Moritz hat auf Holgers Schloßplan entdeckt, daß Holgers Zimmer seinem schräg gegenüberliegt. Als er es Robert und Johanna nach dem Abendbrot durch die Wand mitteilt, kommt Robert auf eine gute Idee. »Welches Fenster ist es denn?« fragt er.

»Das nächste nach der Ecke, das so weiß angestrichen ist«, antwortet Moritz. Immerhin sind die obersten Scheiben frei.

»Wir können doch Zettel an unsere Fenster machen, und wenn Holger mal rausguckt, kann er sie lesen und freut sich vielleicht.«

Moritz findet den Vorschlag sehr gut, und sobald Robert auch Johanna Bescheid gesagt hat, schreibt jeder einen Zettel und hält ihn an die Fensterscheibe.

›HALLO HOLGER HIER IST MORITZ‹ schreibt Moritz.

›WIR SEHEN UNS NÄCHSTEN SONNTAG, DEINE JOHANNA‹ schreibt Johanna.

›SEI NICHT TRAURIG HOLGER! ICH BIN'S ROBERT‹ schreibt Robert.

. . . und tatsächlich,es klappt!

Nach einigen Minuten erscheint Holgers Rüssel über den angestrichenen Scheiben und zeigt einen Zettel hoch:

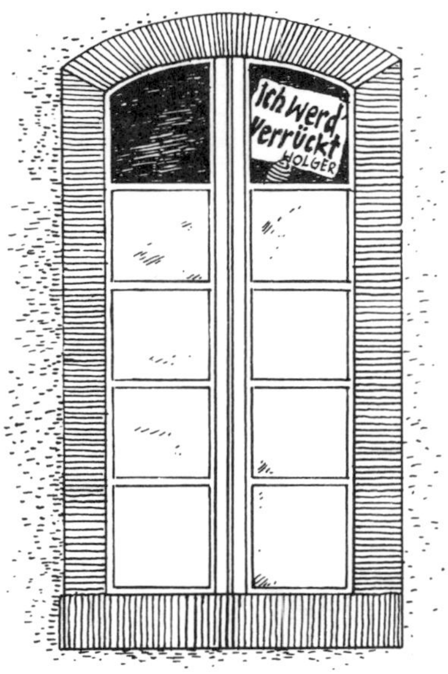

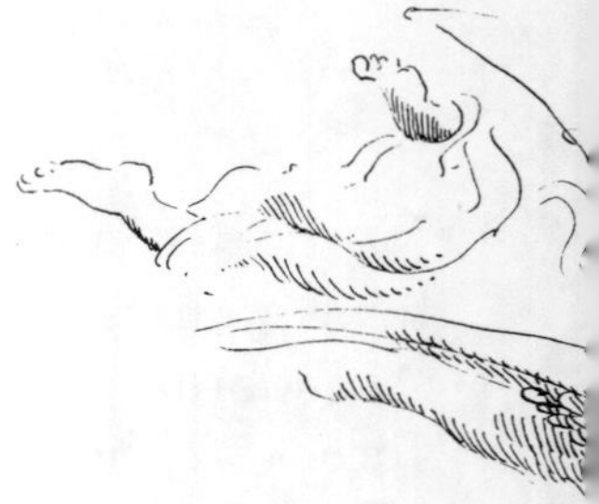

Was Professor Prousch vorzutragen hat

Am Montagmorgen beginnt der Unterricht mit einer längeren Ansprache von Professor Prousch, der zu diesem Anlaß seinen feinsten dunkelblauen Anzug angezogen hat: »Ruhe!« beginnt er, und dann redet er eine geschlagene halbe Stunde lang: vor allem vom Kronenfest, von König Schwarte und wie man diesen zu ehren hat. Von König Schwartes Pracht und Herrlichkeit schwärmt der Professor, von seiner Stärke und von seiner Weisheit natürlich. Dann kommt er auf alle übrigen zu sprechen: sie dürfen arbeiten – denn wenn einer sich bejubeln lassen will, müssen andere sein, die das auch gebührend tun. Um diesen Jubel vorzubereiten, ist ›die stille Zeit‹ da, eine Zeit voll stiller, emsiger Betriebsamkeit! Professor Prousch hebt noch einmal bedeutsam die Stimme:
»Uns schmeckt die Arbeit, selbst die harte,
ist's doch zum Wohl von König Schwarte!«
Mit diesen markigen Worten verläßt der Professor hocherhobenen Hauptes das Lernzimmer.
Die Ausführung der harten Arbeit überläßt Professor Prousch natürlich anderen!

So ungefähr stellt sich Professor Prousch die Huldigung des Königs vor

Der gute Wille

Die ganze Woche über sind die Kinder eingespannt; Fräulein Bellmaus beaufsichtigt sie:
Alle müssen kleine Papierfähnchen ausschneiden, mit der Landesfarbe und König Schwartes Wappen bemalen und dann an dünnen Hölzchen befestigen. Nur der Gedanke an Holger, an den nächsten Sonntag und die mögliche Flucht hält die Kinder davon ab, alles hinzuwerfen und damit eine neue Strafzeit zu riskieren.
Deshalb erfüllen die Kinder alle Aufträge mit großem Eifer, so daß Fräulein Bellmaus nicht umhinkann, begeistert festzustellen: »Die Kinder scheinen sich von Grund auf gewandelt zu haben!«
Der Samstag schließlich ist dazu bestimmt, daß sich die Zöglinge selbst etwas zur Verherrlichung des Königs ausdenken.
»Auch das noch!« stöhnt Moritz.
Glücklicherweise hat Johanna die rettende Idee: die König-Schwarte-Pappfigur!
Nach vielen vergeblichen Versuchen glückt es endlich, eine Ähnlichkeit mit dem Vorbild zu erzielen. Puh, geschafft!
Die Kinder sind froh und schlafen am Abend erschöpft ein.

MORITZ
träumt

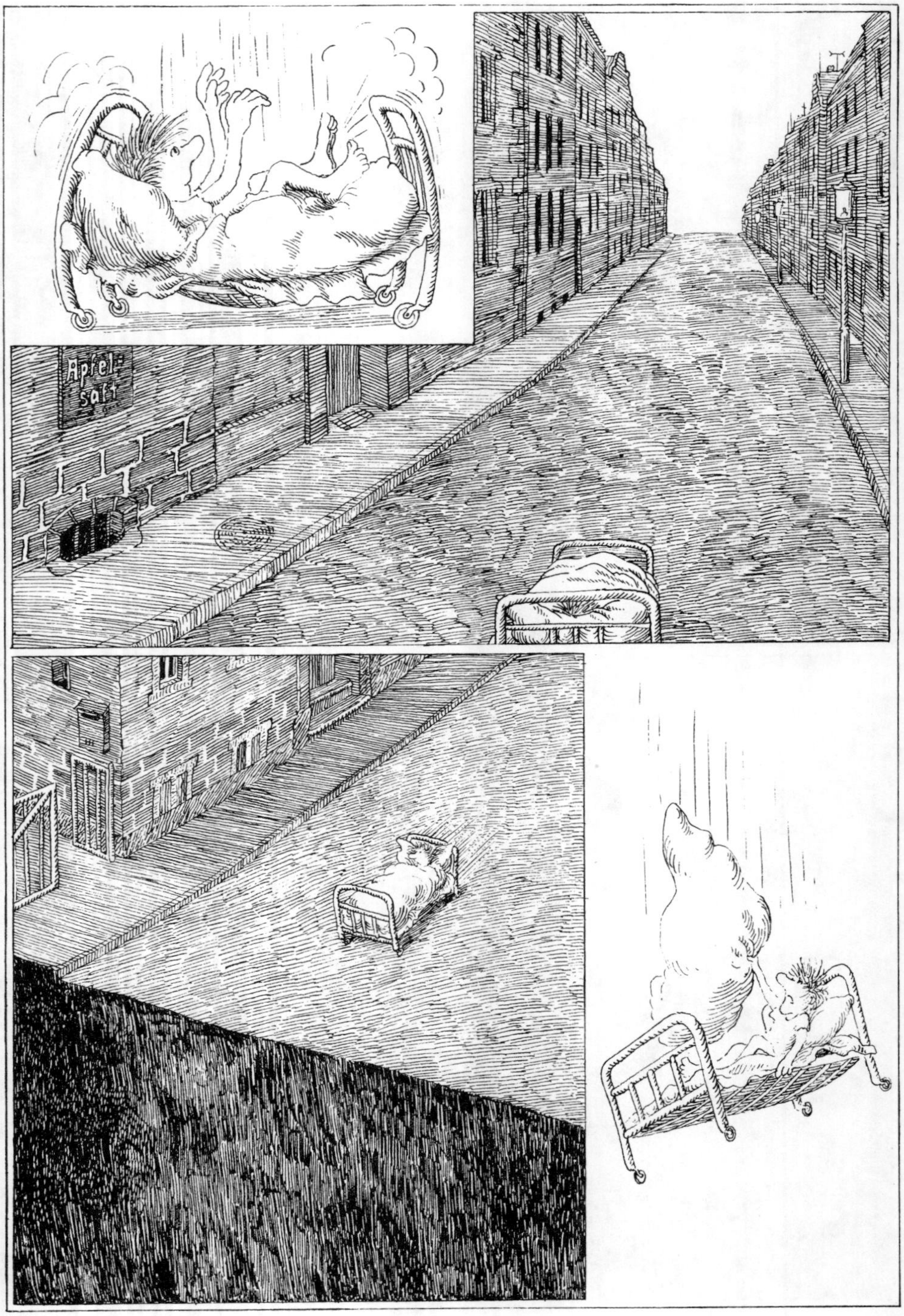
Apfel-
saft

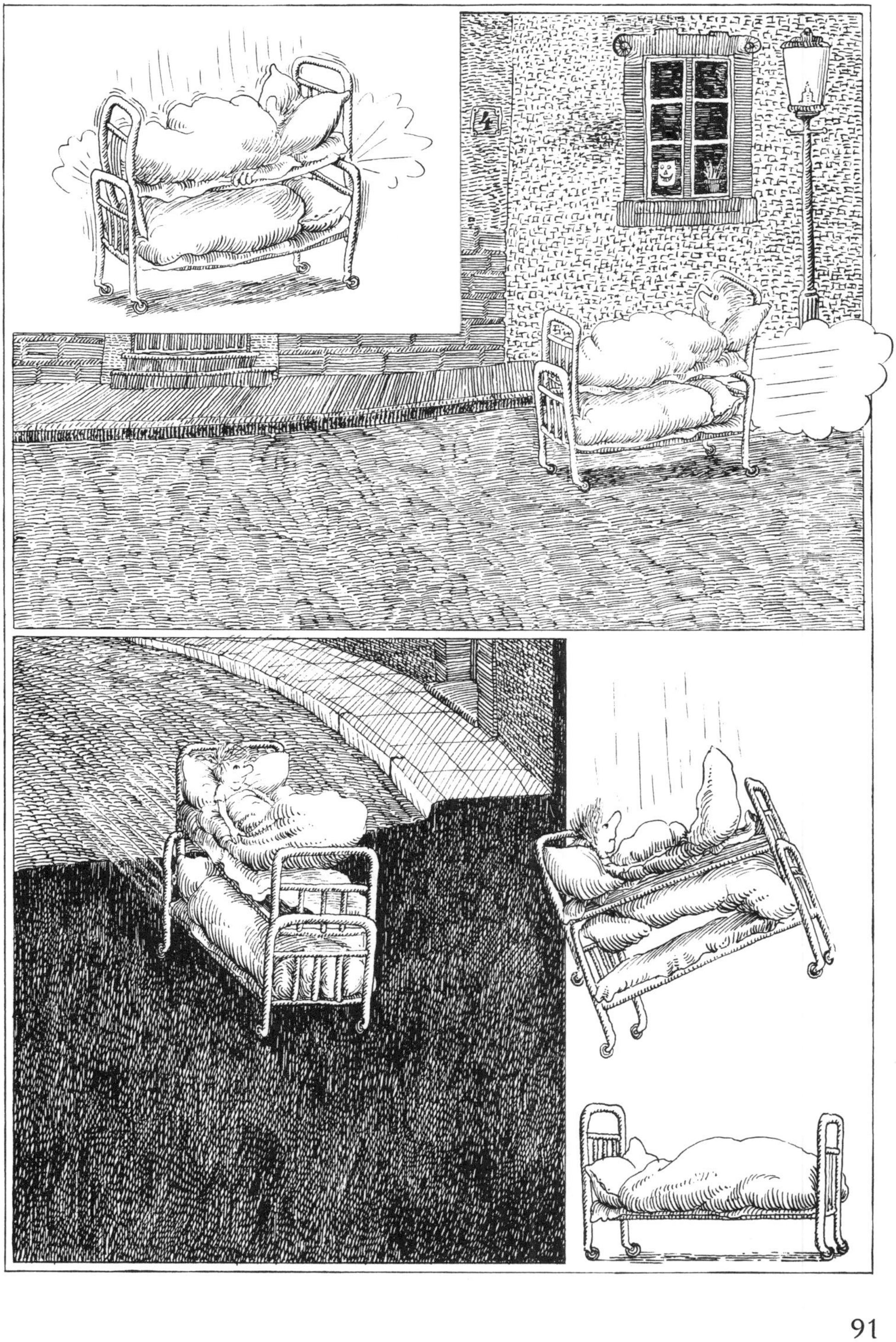

Komische-Träume-Erzählen

Seinen Traum erzählt Moritz am Sonntagnachmittag den anderen; alle müssen darüber lachen, am meisten Holger!
»Ja, ja«, sagt er, »im Traum ist überhaupt so allerhand möglich ...«
»Genau!« bestätigt Johanna. »Ich, zum Beispiel, habe neulich von einem Kamel geträumt, das von mir geträumt hat...«
»Und was hat es von dir geträumt?« will Robert wissen.
»Wer?«
»Das Kamel, natürlich!«
Johanna zuckt die Achsel: »Das weiß ich auch nicht so genau ...«
»Womöglich«, vermutet Robert, »womöglich hat das Kamel von dir geträumt, daß du von einem Kamel träumst, das von dir träumt, daß du von einem Kamel träumst, das ...«

»Momentchen mal!« Holger ist nicht ganz mitgekommen. »Wie war das mit diesen Kamelen ...?«
»Ach, ganz einfach«, behauptet Moritz, »das Kamel, von dem Johanna geträumt hat, hat von Johanna geträumt, daß ...«
»Na, was denn?«
»... daß Johanna ein Kamel ist!«
»Hat es nicht«, widerspricht Johanna kühl.

»Ist doch auch egal«, sagt Moritz, »ich hab' jedenfalls mal von einem Krokodil geträumt!«
»Wennschon.«
»Es war aber kein gewöhnliches Krokodil, sondern es hatte eine Schere, und das war keine gewöhnliche Schere, sondern ... eine Krokodilschere, versteht ihr!?«

»Ja, ja«, nickt Robert, »ich habe übrigens von einem Regenschirm geträumt.«
»Na und?«

»Sehr, sehr praktisch«, bestätigt Holger.
»Und dann hab' ich auch noch was von dir geträumt, Holger!«

»Oh, jechen«, sagt Holger und kichert. Doch dann wird er plötzlich ganz traurig: »Wißt ihr was?« fragt er mit leiser Stimme. »Ich habe auch von mir geträumt – leider . . .«
»Warum: leider?« fragt Robert.
»Ich träume immer sehr gerne von mir«, sagt Moritz.
»Ich auch«, gibt Johanna zu. »Also; wieso: leider?«
»Darum!«

Ein guter Plan und gute Vorsätze

Holgers Stimme klingt noch immer etwas bedrückt, als er die Kinder fragt: »Fällt euch denn gar nichts ein, um mein schreckliches Traumbild zu verscheuchen?«

»Wieso?« Moritz versteht nicht recht, was Holger damit meint.

»Wie wir König Schwarte absetzen können, ja, also . . .« Johanna weiß keinen Rat.

»Die ganze Woche haben wir drüber nachgedacht, aber . . .« Robert weiß keinen Rat.

»Wir hatten auch soviel zu tun«, entschuldigt Johanna.

» . . . Fahnen kleben und so«, ergänzt Robert.

»Es hilft nur Gewalt!« Moritz ist immer noch bei seinem Gedanken.

»Womöglich hat er recht«, immer noch besser als gar kein Plan, überlegt Robert.

»Na, also!«

»Ach, hör doch auf! Wir kommen doch nicht an Schwarte ran.« Johanna sagt, wie's ist, und deshalb weiß dann erst einmal keiner etwas; alle schweigen. »Warum sagst du denn nichts, Holger?« Holger antwortet nicht; hat er die Frage wieder überhört?

»He, Holger!«

»Ja, ja, ich wollt' nur erst hören, ob ihr vielleicht einen besseren Plan habt?« – »Einen besseren, wieso?« – »Hast du denn einen?«

»Klar, wir klauen die Krone! Am Kronenfest ist es soweit!«

Einen Augenblick sind die Kinder sprachlos; doch dann gibt es natürlich viel zu besprechen. Bis zum Abendbrot ist das kaum zu schaffen. Immerhin: die wichtigsten Punkte sind geklärt, als es klingelt. Der Plan ist geschmiedet. –

»Es wird schon schiefgehen.« Moritz zerstreut am Abend durch die Wand alle Zweifel. »Wir dürfen nur keine frechen Aufsätze mehr schreiben«, meint Robert. »Eigentlich schade«, ärgert sich Moritz.

»Es muß sein, sonst gibt es wieder eine Strafzeit!«

»Also gut«, Moritz ist auch einverstanden; er denkt an seine Schablone.*

»Dann ist ja alles klar!?« – »Alles klar!«

* Diese Schablone könnt ihr auch haben: ihr braucht sie nur von Seite 61 abzunehmen. Wenn ihr sie auf die Aufsätze der Kinder legt, wißt ihr, was die wirklich denken.

Moritz

An meinen König

Was bin ich ohne Dich, ohne Deine Weisheit und Güte? Was ich hier in Deinem Land gelernt habe, ist für mein ganzes Leben, mein König. Es steht geschrieben, daß jeder bald erkannt haben wird, welches Glück ein Leben unter Deiner Herrschaft bedeutet. Es geht mir gut, weil Du mich in Deiner Hand hast. Mir ist das leider nicht sofort aufgegangen, weil ich dumm und störrisch war und erst nach einiger Zeit durch Erfahrung klug geworden bin. Weil ich jetzt weiß, wie schön es ist, Dein Untertan zu sein, will ich Dir den größten Teil meiner freien Zeit widmen und alles tun, was Du gern hast. Mit Mistelzweigen und Kerzen will ich Dein Bild schmükken, damit Du siehst, daß ich dankbar bin, und damit Du weißt: Ich bin nicht mehr der alte König Schwarte, sondern ein ganz neuer Mensch geworden, der Dir stets aufrichtig dienen will.

Johanna

Wenn keiner da ist.

Wenn keiner da ist, der uns sagt, was wir tun müssen, dann werden wir nicht aus noch ein wissen und uns die Haare ausraufen. Wenn keiner da ist wie König Schwarte, dann werden wir sehr bald kaputt gehen, wie ein Schiff ohne Steuermann. Wenn keiner da ist, der uns sagt, was wir spielen sollen, werden wir nichts zu lachen haben und uns in die Hosen machen aus lauter Wut und Langerweile. Wenn keiner da ist, der uns sagen kann, was uns Spaß macht, werden wir vor Trübsal die Wände hochgehen wie Käfer. Wenn keiner da ist, dem wir gehorchen können, werden wir nicht wissen, wozu wir da sind. Wenn keiner da ist wie König Schwarte, werden wir ziellos umherirren wie Schafe, die ihren Hirten verloren haben. Wenn keiner da ist, der uns anschreit, wenn wir ein kristallenes Pudding-schälchen kaputt gemacht haben, werden wir noch mehr kaputt machen und schreien. Weil das aber so ist, darf nicht das böse Begehren in uns aufkeimen, lieber frei und selbstständig zu sein. Amen.

Robert

Wie König Schwarte dem Moritz in der Not half.

Der Moritz hatte gestern abend dolles Bauchweh. „Da muß König Schwarte helfen", dachte ich, weil ich gelernt hatte, daß König Schwarte alles kann. ~~Da~~ So schlimm ist unsere Lage also (nicht) gewesen. Ich blickte in mein~~em~~ Notizheft. Endlich hatte ich gefunden, was ich suchte. Da stand: IST DER SCHMERZ NICHT ZU ERTRAGEN, MUSST DU ZEHNMAL ZU DIR SAGEN: KÖNIG SCHWARTE TRÄGT NOCH MEHR UND ER TRÄGTS ZU JEDER ZEIT. DANN BIST DU VOM SCHMERZ BEFREIT. Daran erinnerte ich Moritz. „Mal sehn, ob das hilft." Als Moritz zehn mal den Spruch gesagt hatte, waren die Bauchschmerzen wie weggeblasen. Daraus haben wir gelernt, daß der mächtige König Schwarte uns ~~uns~~ helfen kann, auch wenn er gestern von Moritz' Bauchschmerzen nichts wußte und am ganz anderen Ort weilte.

Am besten ist deshalb, nie sein Vertrauen zum König zu verlieren, wenn Not ist, denn er kann sie ~~sie~~ verscheuchen. Für ihn gibt es keine Schwierigkeiten, die er nicht überwindet.

Das leere Spielzimmer

Als Fräulein Bellmaus am Sonntag vor dem Kronenfest durch die langen Gänge zum Spielzimmer schreitet, lächelt sie. König Schwarte, Vetter Clemens und Professor Prousch haben sie gelobt. Es sei ganz entschieden ihr Verdienst, haben die drei Herren gemeint, daß es mit den Kindern so wundervoll vorangegangen sei. Fräulein Bellmaus ist richtig gerührt über ihre braven lieben Kinderchen. Doch wenig später kann sie nicht umhin, einmal kurz und spitz aufzuschreien: »ih!« Das Zimmer ist leer!
Ein Blick genügt Fräulein Bellmaus, um zu erkennen, auf welchem Wege die Kinder entwischt sein müssen; die Fensterscheibe ist zerschlagen, das Loch darin ist groß genug; dort hinaus sind sie geflohen; soviel scheint festzustehen! Aber das Fenster liegt doch im ersten Stock, viel zu hoch, um hinunterzuspringen. Fräulein Bellmaus läuft zum Fenster, beugt sich hinaus und sieht sogleich die zusammengeknoteten Bettlaken, die fast bis zum Erdboden hinunterreichen. Also so ist das... »Alarm!« ruft Fräulein Bellmaus und drückt den roten Klingelknopf. Eine großangelegte Suchaktion wird gestartet: Professor Prousch persönlich übernimmt die Leitung; die Hunde verteilen sich ums Schloß und versuchen die Spur aufzunehmen; immer weiter schwärmen sie aus in die beginnende Dämmerung . . . – doch so weit hätten sie gar nicht suchen müssen ...

Die volle Sänfte

Im Zimmer hinter dem Schrank ist es schon ganz dunkel.
Von draußen hört man, wie die Kommandos des Professors und die Rufe der Hunde sich immer weiter vom Schloß entfernen.
»Es hat geklappt!« wispert eine Stimme, so leise, daß man nicht erkennen kann, wem sie gehört.
»Wie bittchen?« fragt eine andere, und das ist zweifellos Holgers. »Es hat geklappt!« wiederholen Moritz, Johanna und Robert fast gleichzeitig.
Der erste Teil ihres Planes ist fabelhaft gelungen: Die Hunde und an ihrer Spitze Professor Prousch haben sich täuschen lassen! Sie suchen draußen alles ab: die Wiese, den Wald und den Fluß – vergebens, alles vergebens. Keiner ist angesichts der zerschlagenen Fensterscheibe und der Bettlaken auf den Gedanken gekommen, die Kinder könnten etwa nicht nach draußen entwischt sein und das Schloß gar nicht verlassen haben.
»Ja, es hat geklappt«, bestätigt Holger erleichtert.
In König Schwartes Sänfte unter dem Sitz ist genug Platz für die drei Kinder, alte Fahnentücher sind auch da, um sich warm damit zuzudecken.

Die Nacht in der Sänfte

Noch einmal haben Holger, Johanna, Moritz und Robert den Plan für den Kronenklau durchgesprochen. Alles ist geklärt; Holger schlägt vor, schlafen zu gehen, »ich bin nämlich so müdchen«, stöhnt er. »Gute Nacht, Holger, schlaf schön!« Die Kinder kriegen vor Aufregung kein Auge zu. »Du könntest eigentlich mal die Geschichte von den beiden Mäusen zu Ende erzählen«, meint Robert. »Welche Mäuse?« Johanna hat ihre Geschichte total vergessen. »Im Keller die!« – »Aus dem Keller weiß ich auch eine Geschichte!« meldet sich plötzlich Holger zu Wort. »Holger, erzähl!«
»Das war irgendwann letztes Jahr, da ist König Schwarte in seinen Weinkeller hinuntergestiegen, um nachzuschauen, ob ihm auch keiner was von seinem Wein weggetrunken hatte; und als er in sein großes Faß hinuntersehen wollte, hat er sich zu weit vornübergebeugt, und da ist seine Krone hineingefallen.« »Und dann?« – »Dann mußte ich den ganzen Wein austrinken«, seufzt Holger, »ach, je: war ich hinterher müdchen . . .« Holger gähnt und schläft endgültig ein. Doch die Kinder erzählen sich noch acht Geschichten, bevor sie einschlafen.

Die Geschichte vom kleinen schwarzen Affen in der Wüste

Die Geschichte von dem Baum, der hüpfen konnte

Die Geschichte vom verrückten Zimmer

Die Geschichte vom Piloten und der Riesenschlange

Die Geschichte vom verlorenen Socken

Die Geschichte von Herrn Piesecke und Herrn Radtke

Die Geschichte von dem Krokodil auf der Wolke

Die Geschichte von den zwei letzten Menschen in Frankfurt

Ein Traum

Irgendwann, gegen Morgen, sind die Kinder doch eingeschlafen und träumen: Moritz, Johanna und Robert laufen oben auf dem First einer langen Mauer entlang; die Mauer nimmt und nimmt kein Ende, die Kinder laufen immer weiter, bis plötzlich Professor Prousch vor ihnen steht und den Weg versperrt: »Ruhe!« blafft er. »Ruhe!« Zurücklaufen müssen die Kinder, der Weg ist entsetzlich lang; immer müder werden sie, immer schwerer werden ihnen die Beine, als es mit einem Male ganz dunkel wird um sie herum: eine Sänfte hat sich über sie gesenkt, und sie müssen weiterlaufen und die Sänfte dabei tragen, die so schwer ist, wie das Dach eines großen Schlosses, und tatsächlich

ist es dies Dach, das sie tragen, und obendrauf sitzt König Schwarte und lacht, und die Kinder haben Angst, denn das Dach mit König Schwarte senkt sich tiefer auf sie herab, und sie können es nicht weiter tragen, sie werden fast erdrückt, als sich endlich ein großes graues Ding vor ihnen erhebt und das Dach mit seinem riesigen Körper einfach hochdrückt, so daß die Kinder wieder Luft bekommen und sehen können, daß es Holger ist, der ihnen hilft, der sie mit seinem Rüssel einfach aufnimmt und sich auf den Rücken setzt, der dann das schwere Dach an einer Seite aufhebt und schüttelt, bis König Schwarte herunterrutscht von der Schräge und vor Angst quiekt und um Hilfe ruft; doch die Hunde können nichts ausrichten, wenn sie auch an Holger hochspringen, um ihn festzuhalten; da wackelt Holger nur mit

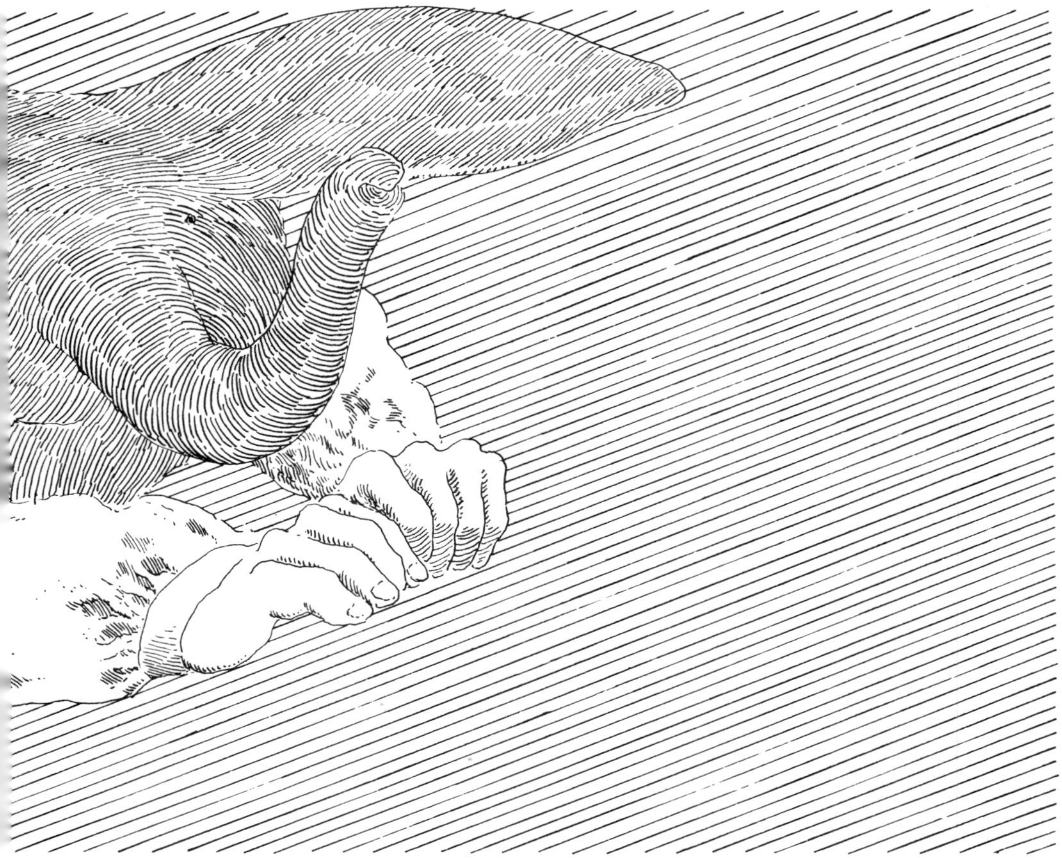

seinen großen Ohren und schlägt damit wie mit zwei großen Flügeln, und die Kinder sehen, wie die Hunde hinunterfallen, immer kleiner und leiser werden: sie fliegen! Nur das angstvolle Quieken ist noch zu hören, denn König Schwarte hat sich an Holgers Hosenbein festhalten können und fliegt mit; er schlingert durch die Luft, und so verrutscht seine Krone; Holger läßt er los, um sie festzuhalten ...

Den Bruchteil eines Augenblicks steht König Schwarte in der Luft, die Krone mit beiden Händen auf seinen Kopf gepreßt, dann wirft er die Arme hoch und stürzt tiefer und tiefer, viel schneller als seine Krone, die langsam hinterdreintrudelt, genau auf den Kopf eines großen Vogels, und der Vogel ist eine Eule, und die Eule ist Dr. Loy, und Dr. Loy sieht zu den Kindern und Holger hinauf und sagt etwas ganz Seltsames: »Langsam anheben!« sagt Dr. Loy ...

Das Fest beginnt

»Langsam anheben!« sagt tatsächlich eine Stimme – doch es ist nicht die von Dr. Loy –, und die Kinder spüren, wie sie mit der Sänfte hochgenommen werden.
»Verdammt, ist die schwer!« flucht einer der Hunde; und hätte Holger hier beim Tragen nicht kräftig mitgeholfen, wäre vielleicht doch noch einer auf den Gedanken gekommen, unter der Sänfte nachzusehen, wo die drei vermißten Kinder sitzen und durch ein Loch in der Holzwand beobachten, wie sie von vier Hunden in Prachtuniform durch die langen Gänge zum Schloßportal getragen werden.
Dort wartet schon König Schwarte, jetzt im schwarzen Pelzmantel, die Krone frisch geputzt auf dem Kopf. Jetzt quetscht sich das fette Schwein in seine Sänfte hinein; Holger kniet nieder, und zwölf Hunde müssen alle Kräfte aufbieten, um ihren König in der Sänfte auf Holgers breiten Rücken zu heben. Womöglich denken sie, daß ihr König wirklich langsam zu fett wird ...
»Trööööt!« Holger trompetet einmal kräftig, die Tür wird aufgerissen, und hinaus in die strahlende Sonne tritt Holger, auf ihm gut sichtbar: König Schwarte und – allerdings unsichtbar: Johanna, Robert und Moritz.
Draußen jubeln die Tiere ihrem König zu; was bleibt ihnen auch anderes übrig? Die Kinder sehen durch ihre Gucklöcher, wie sie Fahnen schwenken, Plakate hochhalten und die alten Sprüche schreien. Die Hundegarde hat Holger in die Mitte genommen. Die vorn marschierenden haben Glück, denn hinten muß man den Staub schlucken, den Holger aufwirbelt.
Die Hunde sind noch müde von der nächtlichen Suchaktion und deshalb froh, daß Holger jetzt immer langsamer trottet. Auch die Kinder freuen sich darüber, denn: »Gleich geht's los!« flüstert Johanna. Nur König Schwarte scheint etwas dagegen zu haben: »Schneller!« grunzt er böse – doch Holger wird noch langsamer!
Seine Schritte klingen laut und hohl: Jetzt sind sie auf der Brücke*.
»Wie bittchen?« fragt Holger und bleibt stehen. Das ist das Zeichen: alles geht jetzt sehr schnell; schon hat Holger einen kräftigen Rüssel voll Staub aufgenommen und hinter sich geblasen ...

* die Brücke findet ihr auf dem Plan vorn im Buch unter der Nummer 6

. . . zu einer mächtigen Staubwolke . . .

. . . in der etwas Ungeheuerliches passiert . . .

Wo ist denn die Krone geblieben?

Robert und Moritz schieben ein Brett aus der Seitenwand der Sänfte, damit Johanna durch das Loch etwas aus Holgers Rüssel entgegennehmen kann. Schon passiert!
Die Tiere, die ihren König in der Staubwolke nicht mehr sehen können, haben zu jubeln aufgehört. Man hört nur noch König Schwarte, der schreien will, als seine Sänfte schaukelt. Dabei schluckt er Staub und bekommt einen Hustenanfall.
König Schwarte keucht und hustet immer noch, als der Staub sich langsam verzieht; nun kann man den König wieder sehen, und die Tiere wollen gerade wieder zu jubeln anfangen – da sehen es alle ganz deutlich: dort oben in der Sänfte sitzt gar kein König mehr, sondern nur ein gewöhnliches fettes Schwein in einem lächerlichen schwarzen Pelzmantel; und das Schwein mag toben, soviel es will: seine Krone ist weg!
»Ich hab sie beim Husten verloren!« klagt Schwarte und verspricht: »50 Taler demjenigen, der mir meine Krone zurückbringt!«
Die Hunde suchen fieberhaft, doch vergebens.
»Vielleicht ist sie den Weg zum Fluß* hinuntergerollt!?« bemerkt Holger scheinheilig.
Schwarte ist ihm dankbar für diesen Hinweis: »Sucht am Fluß!« be-

* siehe Nr. 5 im Plan

fiehlt er den Hunden. Holger trottet gemächlich hinterdrein und sieht, wie sich die Hunde übereifrig in voller Uniform ins Wasser stürzen. Schwarte läßt sich auf den Boden absetzen, um die Suche besser verfolgen zu können; doch die Hunde paddeln nur ziellos im Wasser herum und finden nichts. »Ich werde den Fluß mit meinem Rüssel durchsuchen!« verkündet Holger und ist dabei der einzige, der schon im voraus genau weiß, daß er ganz gewiß keine Krone zutage fördern wird – denn die ist ja längst woanders ...

Wo die Krone geblieben ist

Die Kinder unter der Sänfte freuen sich:
»Jetzt brauchen wir die Krone nur noch von hier wegzubringen, dann sind wir in Sicherheit!«
Holger hält währenddessen Schwarte, die Hunde und alle anderen Zuschauer in Atem, so schnell fördert er aus dem Uferschlamm immer neuen Krempel ans immer schummriger werdende Tageslicht: alte Schuhe, zerplatzte Autoreifen, abgebrochene Stuhlbeine, die dazugehörigen Stühle und so fort. Dabei bewegt sich Holger immer weiter auf die Büsche* zu, die hier an der Uferböschung wachsen.
In ihrem Versteck warten die Kinder auf den günstigsten Augenblick.
Jetzt schreit Holger: »Ich glaub, ich hab' sie!«
Jetzt achtet niemand mehr auf das, was auf Holgers Rücken geschieht.
Jetzt kriechen die Kinder unter der Sänfte hervor: Moritz voran, die Krone unter dem Arm, dann Johanna, Robert zuletzt. Die Kinder lassen sich an Holgers Rücken hinunter, landen ungesehen hinter einem dichten Busch und laufen, so schnell sie können, im Schutz der Böschung davon. Nur einmal drehen sie sich noch um, als sie lautes Gelächter in der Ferne hinter sich hören: Das muß in dem Augenblick gewesen sein, als Holger etwas Glitzerndes aus dem Fluß gefischt hat, und Schwarte schon jubelt, weil er glaubt, die Krone sei gefunden, Holger ihm das Ding mit dem Rüssel aufsetzt und alle Tiere dann furchtbar lachen müssen, als sie sehen, was sie sehen: Ein jubelndes fettes Schwein mit einer alten Konservendose auf dem Kopf!

* siehe Nr. 4 im Plan

Durch den nächtlichen Wald

»Puh, sieht das da drin dunkel aus!« sagt Moritz, als die Kinder mit der Krone den Waldrand erreicht haben.
»Womöglich werden wir uns verirren«, fürchtet Robert, doch Johanna weiß Rat: »Also, wir müssen genau nach Süden gehen.« Soviel ist sicher; doch wo ist Süden? Johanna schaut zum Sternenhimmel empor und sucht etwas. »Da ist der große Wagen«, Johannas ausgestreckter Arm zeigt ihn den beiden anderen, »wenn man nun die hintere Wand – das sind die zwei Sterne da rechts – nach oben verlängert ... ich glaube fünfmal, dann kommt man ... dann kommt man genau bis zum Polarstern* ...« Johannas Finger hat ihn gefunden, und Robert und Moritz sehen ihn jetzt auch: »Tatsache!« – »Aber was nützt uns das?«
Ganz einfach: »Der Polarstern steht genau im Norden; wenn wir also nach Süden wollen ...« Moritz unterbricht Johannas Vortrag, »brauchen wir nur immer in die entgegengesetzte Richtung zu gehen. Los, kommt!«
»Womöglich verirren wir uns doch, wenn wir drinnen im Wald durch die Bäume nichts mehr sehen können, oder die Sterne plötzlich untergehen, oder ...« – »Ach, Quack!« – » ... wir sollten lieber am Waldrand gehen, meine ich.« Robert ist hartnäckig. »Damit wir den Hunden und König Schwarte grad in die Arme laufen, hm?« – »Schon gut.« Robert folgt den anderen. Es geht sich schlecht im dunklen Wald – doch das alles ist nicht einmal das Schlimmste: schlimmer noch sind die Geräusche, das Knacken und Rascheln, dessen Ursache man nicht kennt, und das fahle Glimmern, das aus altem fauligem Holz dringt und gespenstisches Licht wirft auf die alten Bäume, so daß sie Gesichter bekommen, knollige, böse Gesichter, die die Kinder erstaunt und verärgert anstarren. Lange Zeit hat niemand gesprochen, jetzt räuspert sich Moritz, »bißchen unheimlich«, sagt er und fängt an, ein Lied zu summen. ›Womöglich hilft das‹, denkt Robert und singt die Worte zu Moritz' Melodie:
»Alle meine Entchen, schwimmen auf dem See,
Köpfchen unter Wasser, Schwänzchen in die Höh'.«
Und weil das Lied so kurz ist, denken sich die Kinder neue Verse aus.

* Die Sterne findet ihr auf Seite 74.

ALLE MEINE ENTCHEN SCHWIMMEN AUF DEM SEE
SCHWÄNZCHEN UNTER WASSER, KÖPFCHEN IN DIE HÖH
ALLE MEINE BÜBCHEN
SCHWIMMEN AUF DEM SEE
KÖPFCHEN UNTER WASSER
SCHWÄNZCHEN IN DIE HÖH
ALLE MEINE ENTCHEN PADDELN ÜBERN SEE
KÖPFCHEN UNTER WASSER
SCHWÄNZCHEN IN DIE HÖH
ALLE MEINE ENTCHEN PINKELN IN DEN SEE..

»Eigentlich müßten wir schon da sein«, wundert sich Johanna. »Womöglich haben wir uns doch verirrt!«
»Ach, hör bloß auf!« Moritz senkt die Stimme, als habe er plötzlich Angst, die unheimlichen alten Bäume zu stören, die dicht den Weg der Kinder säumen. Am besten geht man so schnell wie möglich an ihnen vorbei und verläßt sich darauf, daß sie nicht den Mund aufmachen, um einen anzureden, und nicht die Arme ausstrecken können, um nach einem zu greifen.
Der Weg durch den nächtlichen Wald kommt allen sehr lang vor, sehr sehr lang, und die Nacht ist kurz . . .
» . . . womöglich wird es bald wieder hell«, vermutet Robert, doch das Licht, das er schwach in der Ferne vor ihnen sieht, ist nicht der Morgen – es fällt aus dem Fenster eines alten, schiefen Häuschens*.
Die Kinder sind froh: »Ich glaube, wir sind da!«
Erleichtert können sie aufatmen, als sie den Namen auf dem Türschild entziffert haben, denn darauf steht:

Bei Dr. Loy

Zweimal müssen die Kinder klopfen, ehe sich hinter der Tür schlurfende Schritte nähern. Es dauert noch einen Augenblick, bis aufgeschlossen ist, dann steht Dr. Loy vor ihnen; er mustert die drei aus seinen dunklen, großen Augen erstaunt und aufmerksam.
»Die Zeit eures Besuches ist zwar recht ungewöhnlich, doch freue ich mich, euch alle wohlauf zu sehen«, stellt Dr. Loy fest. Als die Kinder weiter schweigen und ihn nur ansehen, fragt er: »Was also führt euch zu mir?« Statt einer Antwort hält Moritz die Krone hoch; Dr. Loy verschlägt es die Sprache. Mit einer schnellen Handbewegung winkt er die Kinder ins Haus. Durch einen schmalen Flur gelangen sie in ein unordentliches Arbeitszimmer, das von einer flackernden Kerze schwach erleuchtet ist. Die Kinder setzen sich nebeneinander auf ein fleckiges Plüschsofa. Moritz legt die Krone vor sich auf den Fuß-

* siehe Nr. 3 im Plan

boden. Dr. Loy läßt sich auf den Stuhl hinter seinem Schreibtisch fallen und starrt sie mit ungläubigen Augen an.
»Wie in aller Welt . . . ?« krächzt er mit heiserer Stimme, die gleich überschnappt, so daß er die begonnene Frage ganz gegen seine Gewohnheit nicht gehörig zu Ende bringen kann.
Die Kinder berichten so kurz wie möglich, ›wie in aller Welt‹ es möglich war, in den Besitz der Krone zu gelangen; sie erzählen von der Staubwolke, von Holgers flinkem Rüssel, der Schwarte die Krone vom Kopf genommen hat, von der Flucht und dem Weg durch den nächtlichen Wald . . . »Unglaublich!« Dr. Loy kann es kaum fassen. »Wahrlich eine kühne Tat, eine notwendige Tat . . . eine gute Tat . . .«
Die Kinder schweigen, um ihn nicht in seinen Überlegungen zu stören, und alsbald stellt Dr. Loy die entscheidende Frage: »Was soll nun geschehen?«
»Wir denken«, antwortet Moritz für alle, »daß Sie die Krone bekommen sollten und unser neuer König werden . . . « – » . . . denn Sie sind ja wohl der Klügste!« fügt Johanna hinzu.
Dr. Loy ist offenbar zum zweiten Male in dieser Nacht sprachlos. Er läßt sich schweratmend hinter seinem großen Schreibtisch nieder und blättert in einem der dicken Bücher, die auf seinem Schreibtisch herumliegen. »Das will überlegt sein«, murmelt er, »reiflich überlegt sein . . .«
»Aber dafür haben wir keine Zeit! Bis morgen früh müssen wir doch . . .« drängt Johanna, doch Dr. Loy unterbricht sie: »Gemach!« Er hebt mahnend die Hand: »Es ist schon wahr, daß im Falle eines plötzlichen Umsturzes alles so schnell als irgend möglich neu geregelt werden sollte, vor allem, um dem abgesetzten Machthaber – in unserem Falle also König Schwarte – keine Zeit zu lassen, entsprechende Gegenmaßnahmen zu treffen; indes . . .«
Diesmal ist es Moritz, der Dr. Loy unterbricht: »Es wird bald wieder hell. Also wollen Sie, oder wollen Sie nicht?«
»Schon, schon«, Dr. Loy wiegt den großen Kopf, »wenn das Volk mich zum König will . . .« Dr. Loy ist also einverstanden!
»Ein Glück!« Die Kinder sind erleichtert. »Holger wird also morgen früh die anderen Tiere zusammentrommeln«, sagt Robert.
»Zusammentrompeten wäre wohl der treffendere Ausdruck«, berichtigt Dr. Loy würdevoll. Als ob Holger nicht auch trommeln könnte!

Es lebe König Dr. Loy

Am nächsten Morgen, einen Tag nach dem denkwürdigen Kronenfest also, ist die Wiese bei den Haselnußsträuchern voller Tiere. Alle sind erschienen, sogar Professor Prousch und seine Hunde haben sich eingefunden und sitzen ganz still im Hintergrund.

Eigentlich fehlen nur die Schweine: man hört, Schwarte habe sich mit Bruder Clemens noch in derselben Nacht aus dem Staube gemacht. Keiner weiß genau, wo sie geblieben sind, aber alle sind froh, daß sie fort sind. Sogar Fräulein Bellmaus beteuert das.

Dr. Loy, Moritz, Johanna und Robert treffen als letzte ein. Es wird ganz ruhig auf der Wiese, als sie kommen; alle warten gespannt, denn so weit hat Holger sie schon eingeweiht, daß sie wissen: Die Kinder sind die Kronenklauer!

Dr. Loy hat noch am frühen Morgen eine Rede vorbereitet und aufgeschrieben, die er jetzt abzulesen beginnt:

»Liebe Freunde«, sagt er mit leiser, heiserer Stimme.

»Wie bittchen?« fragt Holger; die anderen lachen und klatschen.

»Liebe Freunde!« fängt Dr. Loy noch einmal an, und diesmal so laut, daß ihn alle verstehen.

»König Schwarte ist nicht länger unser rechtmäßiger, ordentlicher König!« Allgemeiner Jubel.

»Wie schön!« schreit Charlie »Tasso« Koffer begeistert. »Das feige Schwein hat sich verkrümelt!«

»Jawohl, verkrümelt.« Bestätigt Eberhard Lück, der Bär.

»Ruhe!« blafft jemand aus dem Hintergrund; Professor Prousch kann es nicht lassen. »Seid doch mal ein bißchen ruhiger, ihr Lieben!« mahnt auch Fräulein Bellmaus mit süßer Stimme.

»Danke.« Dr. Loy nickt ihr zu und fährt fort: »Diesen drei mutigen Kindern«, er zeigt auf Moritz, Robert und Johanna, »und Holger, den wir alle kennen«, die anderen klatschen, und Holger wird ganz rot unter seiner grauen Haut, »diesen vier Tapferen also haben wir die Befreiung zu verdanken, denn sie haben die Krone geklaut ... äh: entwendet, wollte ich sagen, und deshalb ...« seine letzten Worte hat schon keiner mehr gehört, und Dr. Loy muß erst abwarten, bis sich der Jubel ein wenig gelegt hat, »... und deshalb ist es nur recht und bil-

lig, wenn wir es ihnen überlassen, was mit der Krone geschehen soll.«
»Sehr richtig!« krächzt Lütgebohmert.
Robert schaut Johanna an, die schaut Moritz an, der schaut zurück, und da jetzt beide Johanna anschauen, steht sie auf und sagt:
»Also, wir meinen, daß der Klügste König sein soll . . .« Holger nimmt die Krone mit dem Rüssel und setzt sie Dr. Loy auf den Kopf. »Es lebe König Dr. Loy!«
Der Jubel der Tiere ist einmütig, sogar die Hunde schreien mit.
König Loy versucht noch lauter zu schreien, doch keiner hört ihm zu. Da trompetet Holger einmal kurz, und in die so entstehende Pause sagt König Loy: »Bevor wir jetzt gleich auseinandergehen, möchte ich erklären, daß ich versuchen will, euch ein guter und gerechter König zu sein. Vieles wird anders werden, denn in Zukunft muß es heißen: Der König diene den Bürgern und nicht wie bisher die Bürger dem König!« Beifall! – »Ich werde zu diesem Zwecke die Gaben und Aufgaben unseres Landes so verteilen, wie sie ein jeder nach Neigung und Eignung verdient!« – »Hä?« brummt der Bär, der dies wie die meisten nicht richtig mitgekriegt hat.
»Das soll heißen, daß jeder das kriegt und das machen soll, was er am liebsten will und am besten kann«, erklärt Caro Spannagel, der Esel.
Alle sind davon begeistert und rufen wild durcheinander, was sie haben wollen.
»Gemach! Gemach!« wehrt Dr. Loy ab. »Überlegt es euch doch lieber, bevor ihr euch endgültig entscheidet . . .« Die Tiere beruhigen sich langsam. Nur Meister Heublein, das Krokodil, tut seinen Wunsch noch lautstark kund: »Den Fluß! Den Fluß!« brüllt er.
»Diesbezügliche Anträge können ab morgen bei mir in der Schloßkanzlei eingereicht werden«, beschwichtigt Dr. Loy.
»Bis dahin sollten wir lieber erst mal ein gepflegtes Festchen feiern!« schlägt Charlie »Tasso« Koffer unter allgemeiner Zustimmung vor.
»Wer ist dabei?« – Alle!
Und so ziehen sie im Triumphzug zum Schloß: Holger mit den Kindern und König Loy an der Spitze, dahinter die singenden, lachenden Tiere und am Schluß die Hunde, die immer noch ein wenig schüchtern und verstört scheinen, denn ihnen fällt es natürlich am schwersten, zu begreifen, daß von nun an alles anders werden soll.

Die neue Gesellschaft

Fräulein Bellmaus bedient in Zukunft König Loy; Botzek bleibt Wirt; Helmut Helmutsson wird Bauer; Holger erhält einen Strohhut und den Schloßgarten; Meister Heublein die Badeanstalt; die Kinder Wiese mit Haselnußsträuchern; Knappsack die Bäckerei; Charlie »Tasso« Koffer wird freier Poet und darf dichten, was er will; Dr. Loy ist König; Eberhard Lück bekommt den Wald; Lütgebohmert wird Arzt; Professor Prousch übernimmt die Bücherei; Ruschebug alles Handwerkszeug; Fide Schlie das Tauschgeschäft; Caro Spannagel die Werkstatt im Wald.

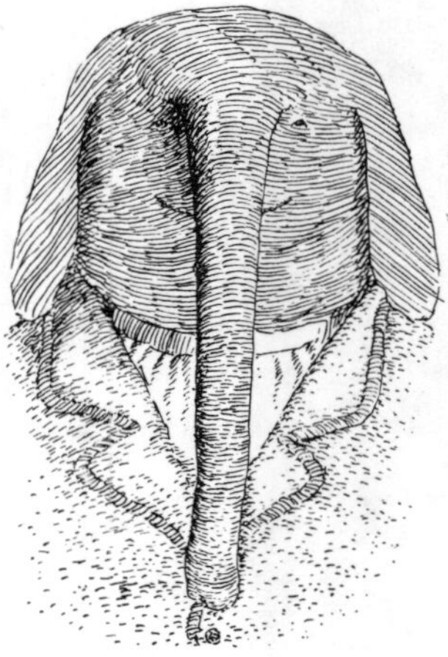

Ein neuer Morgen auf der Wiese

Die Sonne scheint noch nicht, die Schmetterlinge flattern noch nicht, die Grillen zirpen noch nicht; Robert, Johanna und Moritz liegen in der Sänfte bei den Haselnußsträuchern auf der Wiese*, dort, wo alles angefangen hat.

Johanna wacht als erste auf; bald ist es ihr langweilig, als einzige wach zu sein: »He, Moritz, aufwachen!« Moritz brummt und dreht sich auf die andere Seite. Es ist noch fast dunkel draußen; langsam kriecht das Licht der Sonne über den Rand der Wiese. Ein zweiter Versuch: »Hallo, Robert, guten Morgen!« Robert seufzt im Schlaf. Langsam wird es heller, gleich muß die Sonne dort hinten aufgehen. Johannas letzter Versuch: »Drrrrirrrrdrrrirrr!« Moritz und Robert schrecken hoch! Johanna lacht; Moritz und Robert reiben sich den Schlaf aus den Augen. »Schlechter Scherz!« stellt Moritz fest.

»Ich dacht' schon, wir wären wieder im Schloß!« Robert ist erleichtert, daß er sich getäuscht hat.

Hier ist es schon angenehmer, weil man den ganzen Tag das machen kann, wozu man Lust hat und nicht dauernd durch irgendein Klingeln oder Summen daran erinnert wird, was man nun zu tun oder zu lassen hat.

Sobald die Strahlen der Morgensonne warm genug sind, kriecht man aus der Sänfte, bleibt erst einmal auf dem Rücken liegen, wirft ein paar Nüsse zum Frühstück ein und überlegt dann in aller Ruhe, wie man den Tag am liebsten verbringen möchte: etwas spielen, jemanden besuchen oder ein bißchen auf der Sänfte herumhüpfen ...

* siehe Nr. 10 im Plan

Als Kartoffelsäcke zum Schloß

An manchen Tagen wird einem die Entscheidung besonders leicht gemacht, so wie heute etwa, als die Kinder zur Bank* an den Weg hinuntergegangen sind: da knattert nämlich Helmut Helmutsson auf seinem Traktor bei den Kindern vorbei. Moritz winkt ihm zu. »So früh schon auf!?« Moritz muß seine Frage wiederholen, denn Bauer Helmutsson kann sie erst verstehen, als er den Motor abgestellt hat. »Immer!« antwortet er dann. »Das Korn wächst ja nicht von alleine.«
»Ist doch furchtbar, jeden Tag so früh aufstehen!« vermutet Robert.
»Ich find's ganz nett; dafür penn ich im Winter länger.« Bauer Helmutsson läßt seinen Traktor wieder an. »Ich muß flott weiter!«
»Wo soll's denn hingehen?« fragt Johanna, so laut sie kann, um den Motor zu übertönen.
»'ne Fuhre Kartoffeln zum Schloß bringen.«
»Da könnten wir doch mitfahren und Holger besuchen«, überlegt Johanna und schreit: »Können wir mit?« – »Klar!« sagt Bauer Helmutsson und deutet nach hinten auf den Anhänger. »Steigt auf!«
Die Kinder machen es sich zwischen den Kartoffelsäcken gemütlich. »Hü!« sagt Helmut Helmutsson, läßt die Kupplung kommen und gibt Gas.

* siehe Nr. 9 im Plan

Holger im Garten

Holger ist um diese Zeit, wenn die Blüten sich gerade öffnen und die Tautropfen ihnen noch besonderen Glanz verleihen, natürlich im Schloßgarten* bei seinen geliebten Blumen. Er hat seine grüne Gärtnerschürze umgebunden und seinen neuen gelben Strohhut auf und ist so andächtig bei der Arbeit, daß er die Kinder zunächst überhaupt nicht bemerkt. Eifrig hüpft er von Blume zu Blume – doch was macht er da bloß? Begießen tut er sie nicht; er steckt vielmehr seinen Rüssel in jede Blüte, schmatzt dann einmal kurz und springt zur nächsten, wobei er absonderliche Töne von sich gibt: »ssisssisssiss . . .«, er brummt und summt, dann saugt er wieder, schmatzt und summt weiter. »Er spielt wohl Biene!« sagt Robert leise und erstaunt. Da müssen Moritz und Johanna so laut lachen, daß Holger sich sofort umdreht und verdutzt fragt: »Wie bittchen?«

»Was machst du denn gerade?« will Robert wissen.

Holger räuspert sich verlegen: »Mal nach den Blumen sehen«, brummelt er; und ehe jemand genauer nachfragen kann, warum er denn dabei so gesummt und geschmatzt habe, wendet sich Holger aufs neue seinem Beet zu und fängt an, Blumen zu pflücken. »Ich will König Loy einen frischen Strauß Rosen bringen«, erklärt er. »Wollt ihr nicht mitkommen?«

* siehe Nr. 8 im Plan

Frühstück beim König

Auf Königs Loys Schreibtisch liegt seine Krone als Briefbeschwerer auf einem Haufen Papier. Er will gerade nach ihr greifen, als er erkennt, wer ihn da so früh besucht: alte Bekannte, also läßt er die Krone liegen. »Guten Morgen«, sagt Dr. Loy, »ich freue mich, euch zu sehen.«
Holger will ihm gerade die Blumen schenken, als es klopft. »Ja, bitte!«
Es ist Fräulein Bellmaus, die königliche Haushälterin, die den Kopf zur Tür hereinsteckt: »Zeit zum Frühstück, Majestät . . . äh, Herr Doktor.« – »Morgen, Bellmaus!« ruft Moritz und läßt extra das Fräulein weg. Dennoch lächelt Fräulein Bellmaus süß: »Ihr Lieben!« Mit ausgebreiteten Armen kommt sie auf die Kinder zu. Doch Holger, der endlich seinen Strauß loswerden will, hält sie auf, indem er ihr die Rosen unter die Nase hält. »Nein, dieser herrliche Duft!« ruft Fräulein Bellmaus entzückt. »Ich muß sie gleich ins Wasser stellen; sie sollen den Frühstückstisch zieren.«
»Ach, ja«, König Loy erinnert sich an sein Frühstück, »ihr habt doch gewiß Appetit!?« lädt er Holger und die Kinder ein. »Sicher!«
»Sicher!«
Im Eßzimmer ist schon gedeckt; der Tisch ist groß genug für alle fünf.
»Was darf ich euch bringen?« fragt Fräulein Bellmaus, die eben Holgers Rosen in einer großen Vase auf den Tisch stellt.
»Für mich: weiße Klumpensauce zum Spritzen!« verlangt Moritz.
König Loy sieht ihn verständnislos an: »Was ihr trinken möchtet . . .?«
»Na, dann: Kakao«, sagt Moritz; Johanna und Robert nicken Einverständnis. »Für mich nur Milch«, meint Holger, »ein großes Glas, wenn's geht.« Und als Fräulein Bellmaus hinausgehen will, ruft er ihr noch nach: »Mit Honig drin, wenn's geht!«
Da muß Johanna kichern, denn bei ›Honig‹ denkt sie an Holgers Bienenspiel.
»Na«, fragt Moritz, »wie fühlt man sich so als König?«
König Loy überlegt einen Augenblick: »Ja, also . . . recht gut, doch, doch . . . das Essen ist jedenfalls ausgezeichnet.« Dabei lächelt er Fräulein Bellmaus zu, die gerade mit den Getränken zurückkommt und einen geschmeichelten Knicks macht.
»Es gibt natürlich ein hübsches Stück Arbeit«, fährt König Loy fort,

»schließlich muß alles seine Ordnung haben: die Aufteilung des Landes, die gerechte Verteilung des Staatsschatzes, die Versorgung, die Verwaltung . . . nun, ihr könnt euch das wohl vorstellen.«
Das können die Kinder nicht; doch ehe sie dazu kommen, genauer nachzufragen, mischt sich Fräulein Bellmaus ein: »Und was macht ihr den lieben langen Tag?« will sie wissen.
Johanna setzt ihre Tasse ab und grinst: »Wir denken uns Streiche aus, die eine gewisse Katze besonders ärgern!« behauptet sie.
Fräulein Bellmaus schweigt beleidigt.
»Undankbare Gören, soll man niemals . . .« summt Moritz vor sich hin. »Nun, nun, wir sollten doch den alten Groll vergessen«, beschwichtigt König Loy, »und uns lieber daran erfreuen, wieviel besser das Leben inzwischen geworden ist.« Er zeigt zum Fenster: »Seht nur hinaus: die Sonne lacht, der Fluß ladet zum Bade.« Keiner geht auf König Loys Vorschlag ein. »Ihr solltet wahrhaftig die Badehose einpacken«, wiederholt er ihn deshalb noch einmal deutlicher.
»Gute Idee«, stimmt Moritz diesmal zu.
»Du kommst doch mit, Holger?« fragt Robert.
Holger schüttelt den Kopf, er müsse unbedingt in den Garten zu seinen Blumen, meint er.
»Nicht doch, nicht doch! Die Blumen blühen bei diesem Wetter doch beinah von allein.« König Loy redet Holger gut zu.
»Dann kann's ja losgehen!« Moritz steht auf.
»Wie steht's mit Ihnen?« König Loy scheint nicht zu verstehen, was Johanna mit ihrer Frage meint: er sieht sie verdutzt an.
»Wollen Sie nicht auch mitkommen . . . zum Baden?« König Loy sieht noch eine Spur verdutzter aus; er räuspert sich und schüttelt den Kopf.
»Womöglich: wasserscheu!« vermutet Robert.
»Keineswegs!« sagt Dr. Loy verlegen und murmelt dann etwas von dringenden, absolut unaufschiebbaren Amtsgeschäften. »Wenn es meine Zeit erlaubt, werde ich später nachkommen«, verspricht er und entläßt Holger, Johanna, Robert und Moritz mit einem zaghaften Winken.
Als die Kinder draußen sind, überlegen sie sich, wie das wohl aussehen mag, König Loy in der Badehose!*

* Ihr könnt ausprobieren, was für eine dem König am besten paßt. Ihr könnt ihm eine machen.

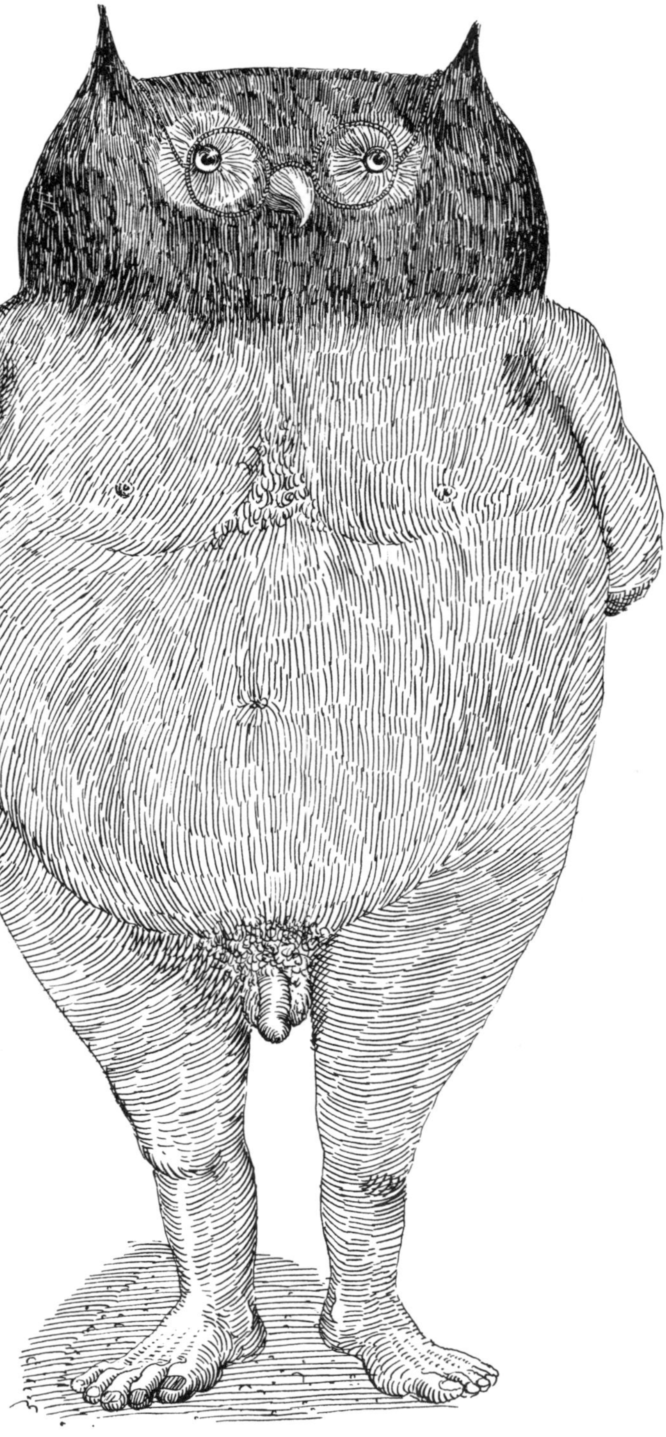

Die Geschichte vom Schmetterling, der zu dick geworden war.

Fide Schlie steht hinter dem Ladentisch und rechnet in einem großen Buch, er grüßt freundlich, als die Kinder eintreten.
»Was darf's sein?« fragt er als nächstes.
»Wie stehn denn die Nüsse heute?« will Moritz wissen.
Fide Schlie sieht auf seiner Wechselkurstabelle nach: »Zwölf zu eins«, gibt er bekannt. Moritz reicht ihm ein Säckchen Nüsse; Fide Schlie zählt. Dann geht er zu seiner Kasse, drückt ein paar Knöpfchen, dreht eine Kurbel, es klingelt und rattert: die Kasse springt auf, Fide Schlie entnimmt ihr etwas Geld, das er den Kindern auf den Tresen zählt: »Eins, zwei, drei Taler und ein bißchen Kleingeld.« – »Was macht's Geschäft?« erkundigt sich Johanna. »Nun, es könnte besser sein . . .« Fide Schlie breitet vielsagend die Arme aus und seufzt: »Jetzt im Sommer ist da nicht viel zu verdienen.« – »Wozu auch?« lacht Robert und Fide Schlie schüttelt den Kopf. »Im Sommer soll man baden gehen!« setzt Moritz noch hinzu.
Ach, ja! Draußen wartet auch schon Holger und klopft ungeduldig mit dem Rüssel gegen die Fensterscheibe.

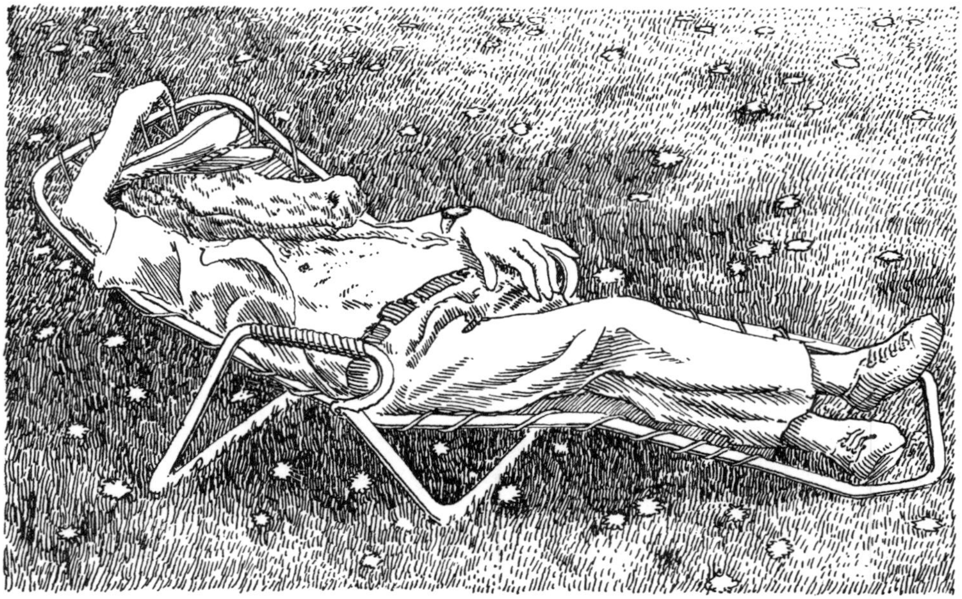

Beim Baden

Meister Heublein liegt in seinem Liegestuhl und läßt sich die Sonne auf den Bauch scheinen; den Schirm seiner Bademeistermütze hat er sich tief in die Stirn über die Augen gezogen. Doch er schläft keineswegs darunter: »He, erst mal zahlen!« verlangt er, als die Kinder ihre Sachen ausziehen und sofort ins Wasser springen wollen.
»Fünfmal!« betont Meister Heublein grinsend und hält die Hand auf. »Wieso fünf?« Holger zählt im Kopf nach: Moritz und Robert und Johanna drauf, und ich, macht: vier! »Wieso also fünf?«
»Du verdrängst Wasser für zwei! So dick bist du!« begründet Meister Heublein und schlägt sich auf die Schenkel vor Lachen. Holger wendet sich beleidigt ab. »Blöder Witz!« sagt Moritz und zahlt für vier.
Baden mit Holger macht Spaß: Zuerst ist Holger Dusche und spritzt alle naß, dann ist sein Rücken eine famose Insel und außerdem kann man seinen Rüssel noch als Rutschbahn benutzen.
Doch mitten im schönsten Planschen – Holger zeigt gerade, wie hoch er spritzen kann – pfeift es plötzlich vom Rand: »Rauskommen, alle raus!« schreit Meister Heublein.

Das neue Sprungbrett

Ruschebug, der Biber, ist eben angekommen und macht sich daran, ein neues Sprungbrett zu montieren.*
Zunächst sägt Ruschebug das Sprungbrett auf die richtige Länge zurecht, dann legt er es auf den Steg, und während Holger sich an einem Ende draufstellt, nagelt Ruschebug es fest. »Schon fertig!« sagt er und packt sein Werkzeug ein. »Würdest du den Probesprung wagen?« lädt er Holger ein.
»Das ist doch wohl meine Aufgabe!« Meister Heublein drängt sich vor; er nimmt die Mütze ab, holt tief Luft, nimmt Anlauf und springt. Er zeigt einen sauberen Salto, seinen besten Sprung.
Alle anderen versuchen es, ihm gleichzutun. Doch Meister Heublein hat an jedem Sprung etwas auszusetzen: einmal bemängelt er, daß bei Holgers wunderschönem Kopfsprung der Rüssel angeblich nicht ganz gestreckt war, dann wirft er Ruschebug vor, er habe beim Bauchklatscher den Bauch nicht weit genug herausgestreckt, und die Sprünge der Kinder findet er »überhaupt nicht der Rede wert«. »Wasserflöhe!« mäkelt er. Darum hat Robert das Springen bald satt und schlägt vor, etwas zum Mittagessen zu besorgen.

* siehe Nr. 7 im Plan

Beim Bäcker

Holger, Moritz und Johanna sind mit Roberts Vorschlag einverstanden, denn ihnen knurrt auch schon wieder der Magen. Sie trocknen sich ab, ziehen sich an und beschließen dann, Brötchen zu kaufen. Also auf zum Bäcker!

Hubert Knappsack ist in der Backstube dabei, eine neue Lage Brot in den Ofen zu schieben. Man sieht ihn vom Laden durch die geöffnete Tür, er ist ganz weiß von Mehlstaub und schimpft laut vor sich hin: »Alles muß man alleine machen! Verrrfluchte Hitze, verrrfluchte!« So bemerkt er die Kinder erst, als sie laut und deutlich: »12 Brötchen!« verlangen.

»Was denn«, wundert sich Hubert Knappsack, »ihrr Wichte wollt 12 Brrötchen verrzehrren!« Moritz klärt ihn auf: »Die sind für uns und unseren Freund draußen.« Holger ist nämlich nicht mit in den Laden gekommen, weil er befürchtet, so viel Mehl in den Rüssel zu bekommen. »Da rieselt es dann wieder raus, und ich hinterlasse eine weiße Spur.«

Die Kinder bezahlen und nehmen die große Tüte mit.

»Wißt ihr was?« fragt Holger sie draußen. »So trockene Brötchen, das is doch nix! Wir gehen zum Förster und kaufen uns Honig drauf, hmm?« – Gut.

Beim Förster und seinen Bienen

Eberhard Lück, der Förster, sitzt in seinem Rohrstuhl vor der Haustür,* raucht sein Pfeifchen und brummt dabei fast genauso laut, wie all seine Bienen zusammen; schließlich ist er ja auch ein ausgewachsener Brummbär. Einen halben Taler will er für einen Topf Honig haben, »dafür ist er aber auch ganz frisch«, sagt er und geht zu seinen Bienenstöcken hinüber, »ich hol ihn gleich.«

»Willst du dir deine Freunde nicht mal aus der Nähe ansehen?« neckt Johanna; Holger wird etwas rot und lächelt verlegen, als er sich an sein morgendliches Spiel erinnert, doch dann fängt er an zu summen und schlenkert seinen Rüssel durch die Luft auf einen der geflochtenen Bienenkörbe zu.

»Obacht!« warnt Förster Lück, doch es ist schon zu spät: Holgers Rüssel ist am Eingang zum Bienenstock gelandet und in den Korb gekrochen ... Holger quiekst einmal kurz auf! Als er seinen Rüssel herauszieht, sitzt er voller Bienen; Holger schlenkert ihn wild durch die Luft . . . »Trompete doch!« schlägt Robert vor. »Womöglich kriegen sie dann Angst und fliegen weg!« – »Ich kann nicht!« schreit Holger. »Es tut so weh!«

Glücklicherweise steht ein Eimer voll Honig in der Nähe, in den Holger seinen Rüssel stecken kann. »Das tut gut!« stöhnt er.

* siehe Nr. 1 im Plan

»Laß mal sehen!« bittet Förster Lück; Honig tropft von Holgers Rüssel, aber die Bienen sind immerhin weg. »Sofort zum Arzt!« befiehlt Lück. »Ehe er anschwillt.« – »Wird er jetzt etwa ganz dick da vorne?« Eberhard Lück nickt nachdrücklich. »Ach, nie wieder wird er seine elegante, schlanke Form bekommen«, jammert Holger.

Beim Arzt

Den ganzen Weg zum Schloß, wo Dr. Lütgebohmert seine Arztpraxis hat, trägt Holger seinen Rüssel im Mund, angeblich um den Schmerz zu lindern, doch da er so schmatzt, wissen die Kinder, daß er damit beschäftigt ist, den Honig abzuschlecken.

Dr. Lütgebohmert sieht sich Holgers Rüssel kopfschüttelnd an und läßt sich dabei die Geschichte erzählen, wie es zu den Verwüstungen gekommen ist. Als er dann eine Salbe gegen Bienenstiche daraufschmiert, sieht man, wie dick der Rüssel vorn schon angeschwollen ist. Holger jammert immer lauter und beruhigt sich erst, als Dr. Lütgebohmert ihm einen schönen weißen Verband anlegt.

»Siehst doch gut aus!« tröstet ihn Robert.

»Ich würde empfehlen, den Rüssel fürs erste in der Schlinge zu tragen«, empfiehlt Dr. Lütgebohmert. »Komm morgen wieder, dann ist es sicher schon viel besser«, entläßt er seinen Patienten.

Holger sieht ein bißchen komisch aus, doch die Kinder verkneifen sich das Lachen, denn Holger leidet und leidet.

»Ach, ich muß mich hinlegen.« – »Gute Besserung, Holger!«

Abends im Schloßkeller

Charlie »Tasso« Koffer läßt keinen Augenblick mehr ungenutzt, seine neugewonnene dichterische Freiheit anzuwenden. Auch an diesem Abend – die Kinder bringen gerade Holger ins Bett – brütet er bei Botzek im ›Schloßkeller‹ über einem neuen Gedicht: »Das wird ein Sonett!« verkündet er allen Anwesenden; keiner weiß, was das ist.
Soviel ist immerhin klar: es soll ein Preisgedicht werden, in dem der denkwürdige Kronenklau besungen wird. »Der erste Vers steht!«
»Vorlesen!« – »Hoch schlug des Festes frohe Woge . . .« – »Und weiter?« – »Weiter bin ich noch nicht«, gesteht Tasso.
Ihm fehlt ein Reim auf Woge; keiner kann ihm helfen.
»Sag doch statt dessen einfach: ›Welle‹«, schlägt Fide Schlie vor, »darauf reimt sich allerhand; zum Beispiel: Forelle oder . . .«
»Frikadelle!« brüllt Knappsack.
»Kelle, Pelle, Delle, Schnelle, Elle, Zelle, Quelle . . .« murmelt Tasso.
»Und Sardelle!« sagt Fide Schlie. Tasso winkt ab: »Geht nicht, ist überall kein o drin.« Tasso gibt auf; er hat schließlich heute schon ein Gedicht geschrieben: und als die Kinder später dazukommen, trägt er es eben, auf besonderen Wunsch des Wirts, zum dritten Male vor; Holger ist die Hauptperson dieser frischverfaßten Ballade, wobei es sich, wie Tasso zum dritten Male erklärend hinzufügt, natürlich nur um einen kleinen Versuch handeln kann, »aus dem Handgelenk, sozusagen . . .« – »Fang schon an!« fodern alle. »Nun gut!«:

Ballade vom geringen Unterschied

Was summt dort für ein Wesen
am buntberankten Tor?
Es schaukelt durch die Blüten
und hat ein graues Rohr:
das schwenkt es auf und nieder
vom Rosenstrauch zum Flieder
und flattert mit dem Ohr . . .

Ein riesengroßes Bienchen,
so grau wie eine Maus,
so groß wie eine Laube
scheint hier auf Honig aus.
Auf seinem Kopfe sitzt ein Hut,
der gäb für tausend Bienchen gut
und gern ein Bienenhaus . . .

Dies Bienchen, das heißt Holger
und ist ein Elefant;
kommt's auch nicht bis zum Honig
nur bis zum Blütenrand –
so stößt es doch in Reiche vor,
die manchem Weisen, manchem Tor
noch gänzlich unbekannt!

»Find ich sehr gelungen!« ruft Botzek, der Wirt, vom Zapfhahn herüber.
»Was für Reiche?« brummt Lück.
»Die der Phantasie, des schöpferischen Geistes!« ereifert sich Tasso.
»Aber stimmt denn das überhaupt?« will Meister Heublein, der auch hier seine weiße Bademeistermütze nicht absetzt, mißtrauisch wissen.
»Ungefähr so war's«, nicken die Kinder.
»Dafür hat er jetzt 'n dicken Rüssel! So ein alter Esel!« sagt Meister Heublein und meint Holger.
»So würde ich ihn aber nicht nennen!« meldet sich da eine Stimme von der Tür; sie gehört Caro Spannagel, der erst während Tassos Vortrag unbemerkt eingetreten ist. Er nimmt Holger in Schutz: »Ich finde es

sehr schön, wenn einer Vorstellungskraft genug hat, um sich in die Lage eines anderen zu versetzen; zumal, wenn der andere so viel kleiner ist.«
»Genau!« stimmt Robert ihm zu, und Charlie »Tasso« Koffer ergänzt noch: »Außerdem haben beide einen Rüssel!«
»Wer?« fragt Knappsack, der Bäcker, verdutzt.
»Na, Elefant und Biene.«
»Der eine ist bloß größer.«
»Unfug!« befindet Meister Heublein und schaut Eberhard Lück an, der ja etwas von Bienen versteht. Der nimmt bedächtig seine Pfeife aus dem Mund und sagt: »Nuja, in diesem Punkt hat Tasso wohl recht: Bienen haben tatsächlich einen kleinen Rüssel, mit dessen Hilfe sie den Honig aus den Blüten saugen.«
»Siehste!?« fragt Tasso.
Meister Heublein sagt darauf noch etwas, das aber keiner versteht, weil er so nuschelt; und da gerade alles schweigt, macht Moritz einen Vorschlag: »Wer kommt morgen zur Nußernte zu uns auf die Wiese!?«
Diese Frage löst allgemeine Zustimmung aus; am lautesten bei Charlie »Tasso« Koffer; auch Caro Spannagel erklärt, er sei auf jeden Fall dabei; Lütgebohmert hält die Sache für ›erwägenswert‹; Ruschebug erklärt, er wolle nach der Arbeit vorbeischauen; die anderen rufen: »Mal sehen!« und: »Vielleicht . . .« Nur Meister Heublein sagt nichts weiter als: »Bäh! Nüsse!« Man verabredet sich für den nächsten Mittag.
Bevor die Kinder dann schlafen gehen, überreicht Tasso ihnen noch ein Exemplar seines allerneuesten Buches: »Zur Erbauung« sagt er und grinst.

Der Hase,

der Hase

verschwindet

in der Vase.

Dem Geist erschien

ein Krokodil,

worauf der Geist

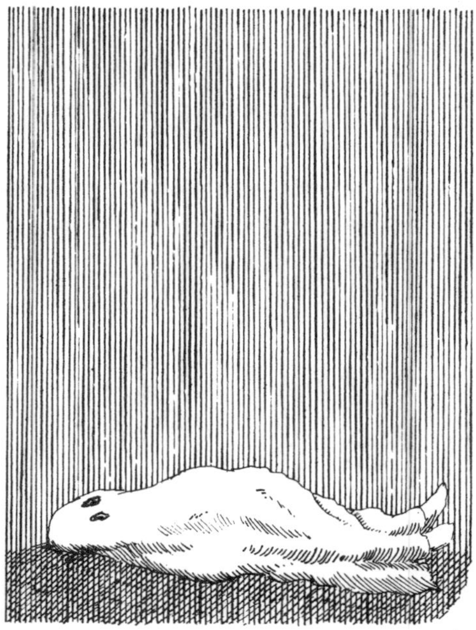

in Ohnmacht fiel.

Der Sägefisch, der Sägefisch

benimmt sich wieder

schlecht bei Tisch.

Im Bett, im Bett

ist selbst der Löwe

nett.

Der Drachen,

der Drachen

hat einen großen Rachen.

Die Wanderfalken wandern

von einem Ort

zum andern.

Das Steppenschwein,

das Steppenschwein

läßt niemand

in die Steppe rein.

Der Igel drängt ans Schnabeltier.

Das stößt dann einen Schrei herfür.

Unterm Schimmel liegt ein Haufen,

um den sich dreißig Spatzen raufen.

Emil kennt ein Engelchen,

»Ich bin der Herr von Steck, wenn ich stolper bin ich

das streichelt oft sein Stengelchen.

. . .«

Seinen Lesern gibt zum Schluß

Charlie Koffer einen Kuß.

Die Nußernte

»Die Nußernte muß ein richtiges Fest werden«, meint Robert.
»Wieso denn das?«
»Weil sonst die Kerze im Haselnußstrauch gar keinen Sinn hat.«
Jetzt erst entdecken Johanna und Moritz, was Robert auf einen Haselzweig gesteckt hat.

»Robert hat recht«, sagt Johanna, »jetzt muß aus der Nußernte ein Fest werden mit Nüsseknacken und Witzeerzählen und Singen und so weiter.« Genauso wird es auch:
Holger hat für Robert keine Lesebrille, sondern eine Käsebrille mitgebracht.

Durch eine Käsebrille sieht die Welt etwas schöner aus, und sie schmeckt besonders mit Haselnüssen ganz gut, die Käsebrille natürlich, nicht die Welt.
Ruschebug erzählt eine Geschichte von Otto Plumpsack und Tante Mili.

»Wo kommt plötzlich dies schmutzige Stück Papier her?« Es hing im Haselnußstrauch, und Moritz findet es sehr komisch.

Vielleicht hast du die richtige ID
wie dies Gedicht zu lesen ist.

Mein C tut W,
die Q trinkt T,
ich HB nichts zu SN
und alle GBT vergessen.
Die NT hat meinen ZL mit RD verdreckt,
die KC hat ihn im Schornstein versteckt.
Dann WT R über die LB zu dir.
Du hast recht.
R ist weiß J keine Zier
ND

Eberhard Lück kann einen Satz, den man genausogut von hinten lesen kann. EIN NEGER MIT GAZELLE ZAGT IM REGEN NIE. »Wieso mit Gazelle?« will Moritz wissen. »Vielleicht hält die den Regen ab«, erklärt Johanna, »da braucht kein Neger mehr zu zagen.«

Fiede Schlie fängt an, aus Zahlen Gesichter zu zeichnen. Holger ist mehr für Elefanten.

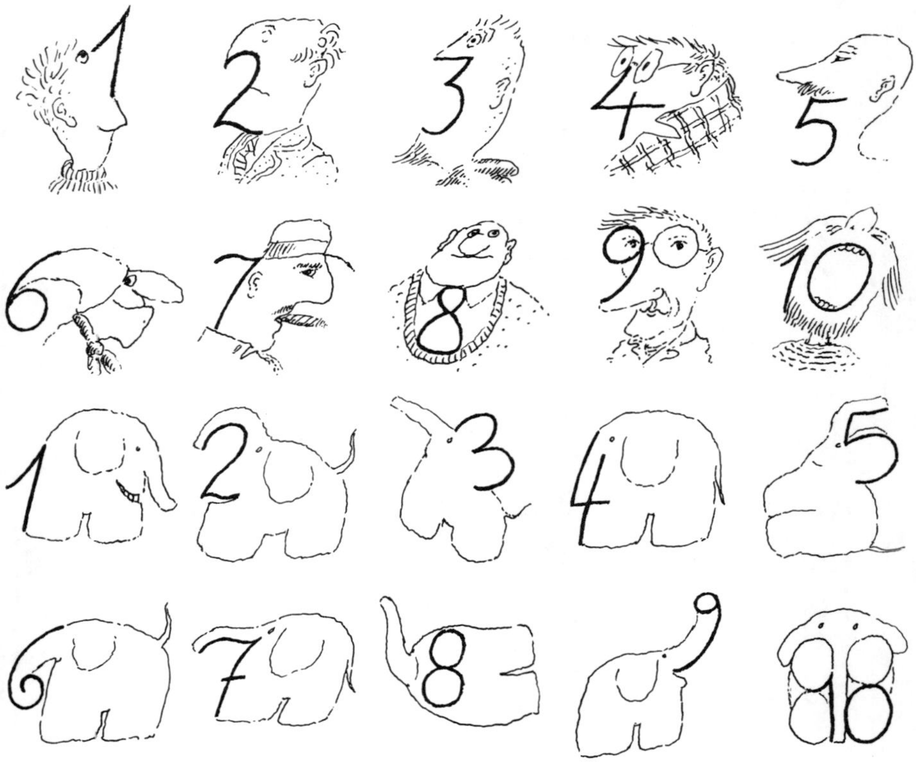

Tasso erzählt einen Traum, den er von Robert geträumt hat.

Mit der Zeit haben sich alle ins Gras gesetzt, ein Häufchen Nüsse vor sich, zwei Knacksteine und erzählen Geschichten, die immer lügenhafter werden, je tiefer die Sonne sinkt.

Die Geschichte von Tutti und seiner Mutti

GIBST DU MIR EIN BISSCHEN, KRIEGST DU AUCH EIN KÜSSCHEN
ALSO GUT
Hhmm

Die Geschichte vom Vater und Sohn

Die Geschichte vom großen und vom kleinen Hund

Die Geschichte vom Schmetterling, der zu dick geworden war.

Die Geschichte vom Dachs und vom Bären

Die Geschichte von der schnellen Schildkröte

Die Geschichte vom Zebra, das die Nase voll hatte

Die Geschichte vom Pfau und von der Ratte

Honig mit Blaubeeren

Alle Nüßchen sind am Tage der Nußernte aufgegessen worden, und das Geld ist den Kindern mittlerweile auch ausgegangen. So bleibt ihnen an diesem Morgen nichts anderes übrig, als sich ihr Frühstück bei einem ihrer Freunde zu holen; Holger hat selber nicht viel zu beißen, Ruschebug ist um diese Zeit schon bei der Arbeit, Caro Spannagel trinkt morgens nur Kaffee, und Tasso schläft sowieso bis mittags. Wer kommt da in Frage? Da Robert großen Appetit auf Honig hat, machen sich die Kinder auf den Weg zum Forsthaus.

Eberhard Lück hat sich seinen Korbstuhl in die Sonne gerückt, sitzt darauf, raucht und döst.

»Morgen«, grüßt Robert im Namen aller.

»Hhrrrm«, macht Lück, und man weiß nicht recht, ob er überhaupt aufgewacht ist.

»Guten Morgen«, wiederholt deshalb Johanna und zieht den Förster am Ärmel seiner Lodenjoppe.

». . . ja, Morgen«, endlich macht Eberhard Lück den Mund auf; dabei fällt ihm die Pfeife raus, Johanna hebt sie ihm auf. »Wir haben noch gar nicht gefrühstückt«, bemerkt sie dabei. »So? Ich schon.« – »Wie schön für dich«, sagt Johanna, »was gab's denn?«

»Honig«, antwortet Lück, »morgens esse ich nur Honig.«

»Das würde ich auch gern«, gibt Robert zu.

»Läßt sich machen.« Eberhard Lück erhebt sich gemächlich. »Wir haben aber kein Geld . . .« gesteht Johanna. »Macht nichts«, der Förster reicht ihr ein Töpfchen, »eine Hand wäscht die andere.« Robert probiert mit dem Finger. »Mögt ihr übrigens Blaubeeren?« fragt Lück. »Klar!« – ». . . dann petert mal zum Waldrand runter, da stehen sie jetzt dicht bei dicht.«

»Danke, Tschüss!« rufen die Kinder und laufen los.

Bonbons und gute Ratschläge

»Guten Tag!« sagt Fide Schlie, als er hinter sich die Ladentür aufgehen hört; dann erst dreht er sich herum und sieht, daß Moritz es sich bereits auf den Kartoffelsäcken bequem gemacht hat. »Hallo«, sagt Moritz, »wir brauchen was zum Mittagessen.«

»Was dürfte es denn sein?«

»Ja«, überlegt Moritz, »ich weiß auch nicht ... wir haben nämlich kein Geld mehr ...«

»Ah so, das ist sehr ärgerlich für euch.«

»Wieso?« fragt Moritz und stellt sich dumm.

»Seht ihr, ich habe hier einen Laden, einen Kaufladen«, betont Fide Schlie, »und ich lebe davon, daß ich für Geld etwas verkaufe.«

»Ich hab aber wirklich Hunger!« beteuert Robert, doch Fide Schlie achtet nicht auf seinen Einwand. »Ich kann es mir nicht leisten, meine Waren zu verschenken, das müßt ihr schon verstehen.«

»Sicher«, sagt Johanna, »wenn wir Geld hätten, würden wir ja auch bezahlen, aber wir haben eben keins ...« – »... wir haben bloß Hunger.«

»Wenn dem so ist, müßt ihr euch Geld beschaffen«, stellt Fide Schlie fest.

»Aber wie denn?« fragt Moritz.

»Durch ehrliche Arbeit.« – »Puh«, seufzt Robert, dessen Magen vernehmlich knurrt, als er das hört. Fide Schlie sieht ihn mißbilligend an: »Die hat schließlich noch keinem geschadet. Fröhliche Feste feiern ist eine Sache, und arbeiten ist eine andere Sache; jede hat ihre Zeit.«

»Aber du hast doch gestern auch mitgefeiert«, erinnert ihn Johanna.

»Gewiß, gewiß, dafür will ich mich auch gern erkenntlich zeigen.« Fide Schlie greift in das große Bonbonglas und gibt jedem zwei Sahnebonbons. »Sehr nahrhaft«, bemerkt er und fährt fort: »Was hülfe es euch schon, wenn ich euch heute etwas zu essen gäbe?« Die Kinder kauen schweigend. »Absolut nichts! Denn morgen seid ihr wieder hungrig, und wer hülfe euch dann?« Fide Schlie schaut die kauenden Kinder traurig an.

»Nein, nein, ich muß hart bleiben«, murmelt er und wendet sich wieder seinen vollen Regalen zu, »so leid es mir auch tut ...«

Keine Brötchen, aber Arbeit

»Ein paar alte Brötchen wird er schon rausrücken«, hofft Moritz, als die drei Kinder vorm Bäckerladen stehen.

Doch drinnen ist Hubert Knappsack ganz anderer Meinung: »Unmöglich, nicht bei mir, wo kämen wir denn da hin!« und nach einer kleinen Pause: »Werr nicht arrbeitet, soll auch nicht essen!«

»Falsch!« berichtigt ihn Moritz. »Wer nicht arbeitet, soll wenigstens gut essen!«

»Unsinn!« sagt Hubert Knappsack wütend, doch dann, die Kinder wollen grad wieder gehen, wird der Bäcker plötzlich freundlich: »Hörrt mal herr!« sagt er. »Ich hab Arbeit für euch«, er sieht die Kinder scharf an, »so drei Bäckerrburrschen könnt' ich wohl gebrrauchen.«

Die Kinder denken nach. »Abgemacht?« fragt Knappsack ungeduldig.

»Momentchen, kriegen wir dafür auch Geld?«

»Klarr!« knurrt Knappsack.

»Und gleich ein paar Kekse gegen den Hunger?«

»Klarr!« knurrt Knappsack noch einmal und langt in den Korb. »Morrgen früh, Punkt sechs, abgemacht?«

»Abgemacht«, bestätigt Moritz und reicht ihm die Hand.

Die ersten Bäckertage machen Spaß

Am nächsten Morgen, Punkt sechs, verteilt Hubert Knappsack erst einmal die Bäckermützen und dann die Aufgaben in der Backstube. Johanna rührt den Teig an, Robert formt Brötchen daraus, Moritz schiebt sie in den Ofen und holt sie wieder heraus, wenn sie fertig sind.
»Also«, erklärt Knappsack, »ein Brrötchen macht man so«: er schnappt sich eine Handvoll Teig, »dann so«, er formt daraus eine Kugel, »so«, er schmeißt die Kugel auf das Backbrett, so daß sie flacher wird, »und so«, er ritzt mit dem Messer eine Furche genau in die Mitte, »fertig! Noch mal«: jetzt macht er alles ganz schnell, »so, dann so, so und so, fertig! Nachmachen!«
Am Vormittag backen die Kinder Brötchen, am Nachmittag Kekse, vier-, fünf- oder sechseckige Sterne, die sie aus dem plattgewalzten Teig ausstechen. »Weiterr so ihrr Bäckerrburrschen!«
Knappsack ist in den ersten Tagen sehr zufrieden mit ihnen, und abends gibt es immer einen Taler. –
So weit, so gut; doch irgendwann geht einem das ewige Brötchen- und Sternebacken auf die Nerven, es wird einfach zu langweilig. Da versuchen die Kinder einmal etwas anderes . . .

Afrika

Hubert Knappsack ist entsetzt, als er die Erzeugnisse dieses Tages sieht: »Unglaublich, unmöglich diese Krringel und Haufen, ihr sollt Sterrne backen . . .« – »Ach, immer nur Sterne, wieso denn?« fragt Robert, dem die Haufen gut gefallen. »Weil ich ein Bäcker bin, der sinnvolle Kekse verkauft, weil die Kundschaft sinnvolle Kekse essen will, Kekse, die eine sinnvolle Forrm haben!«
»Ja, was ist sinnvoll?« überlegen die Kinder.
Sie lassen sich von Caro Spannagel eine neue Form machen: Afrika! Zwölf Bretter voller Afrikakekse haben sie schon fertig, als Bäckermeister Knappsack abends die Backstube betritt.
»Schockschwerenot!« stöhnt er. »Was soll denn das sein?«
»Afrika«, sagt Robert, »sieht man doch.«
»Afrrika, wieso Afrrika, wozu Afrrika?« – »Zum Essen«, erklärt Moritz leise.
»Sinnvolle Forrmen, hab ich gesagt!« schreit Knappsack.
»Aber Afrika ist doch eine sehr sinnvolle Form!« entgegnet Robert.
»Nein! Nicht fürr Kekse!«
»Wieso nicht?« Hubert Knappsack überhört diese Frage.
»Ich sollte euch rrausschmeißen!« brüllt er. »Doch eine Chance will ich euch noch geben.« Er schwenkt einen Zettel. »Eine letzte Chance. Eben ist ein Auftrag vom Schloß gekommen: König Loy errwarrtet morrgen Gäste zum Kaffee und möchte ihnen einen schmackhaften Kuchen krredenzen.« Der Bäcker sieht die Kinder prüfend an. »Ich würde natürlich selbst«, knurrt er, »bin aberr morrgen nicht da.« Seine Stimme wird wieder lauter: »Einen würrdigen Kuchen, verrstanden!?« Die Kinder nicken stumm.

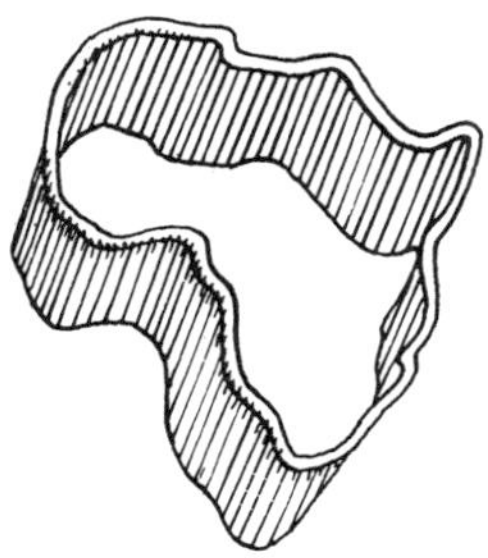

Der Königskuchen

Am nächsten Morgen sind die Kinder in der Backstube überaus geschäftig. Johanna rührt eine große Schüssel voll Teig an; dann fangen sie an, ihn zu formen: der Kopf, der Körper, Arme und Beine; als letztes wird er belegt mit Nüssen, Schokoladenplätzchen, Bonbons, Mandeln und Lakritze. Das Gesicht macht die größten Schwierigkeiten; ohne Vorlage ist es gar nicht so einfach, es ähnlich zu machen, doch mit dem Ergebnis sind alle sehr zufrieden.

Zwei Stunden muß er backen, dann holt Moritz ihn aus dem Ofen. Man packt ihn sorgfältig ein, und gemeinsam tragen die Kinder ihren Kuchen zur Schloßküche.

König Loy ist unzufrieden

»Das wurde aber auch Zeit!« Fräulein Bellmaus wartet schon in der Schloßküche. »Allerhöchste Zeit, ihr Lieben.«
»Tja«, sagt Moritz, »schneller ging das eben nicht«, dabei schlägt er das Papier zurück, damit Fräulein Bellmaus den Kuchen bewundern kann.
Die ist offenbar erstaunt: »Du liebe Güte!« ruft sie. »Was ist denn das?«
»König Loy, natürlich; das erkennt man doch sofort!«
»Schon, aber das geht nicht . . . also, ich weiß nicht, nein, nein . . .«
»Was ist denn hier los?« König Loy steht plötzlich in der Tür. »Wozu der Lärm; etwas nicht in Ordnung, meine liebe Bellmaus?«
Wortlos weist Fräulein Bellmaus auf den Kuchenkönig. Dr. Loy räuspert sich und schluckt. »Wir haben ihn grad gebracht; ist noch ganz warm.«
König Loy sieht die Kinder seltsam an. »Nicht eben schlecht getroffen«, meint er dann und versucht zu lächeln, »aber das geht natürlich nicht.« Das schwache Lächeln ist von seinem Gesicht verschwunden: »Was habt ihr euch denn dabei gedacht?«
»Wir dachten, Sie würden sich freuen«, antwortet Johanna.
»Gewiß, gewiß . . . zu anderer Gelegenheit, im privaten Kreise; aber versteht ihr denn nicht, daß derartige Scherze bei einem offiziellen

Essen vollkommen verfehlt sind!« — »Nein.« sagt Robert. — »Es liegt aber doch auf der Hand, daß es mit der Würde eines Königs, mit meiner königlichen Würde also, gänzlich unvereinbar ist, wenn ich ... das heißt mein Konterfei, mein Abbild, bei Tische verzehrt wird ... das geht doch entschieden zu weit!« Fräulein Bellmaus nickt bestätigend: »Aber sie haben es bestimmt gut gemeint«, nimmt sie die Kinder in Schutz.

»Gewiß, gewiß, den guten Willen mag ich auch nicht in Abrede stellen; allein, das Ergebnis, welches er hier zeitigte, ist einfach ...« König Loy sucht nach dem passenden Wort; er entscheidet sich für: »unwürdig.« Dann wendet er sich an Fräulein Bellmaus: »Ich fürchte, wir werden ohne Backwerk auskommen müssen; ich überlasse es Ihrer Erfindungsgabe, meine liebe Bellmaus, diesen Mangel auszugleichen.« Die Kinder wollen sich verteidigen, doch König Loy winkt ab: »Ich bin recht unzufrieden mit euch«, sagt er und geht.

Hubert Knappsack ist drauf und dran, sich zu vergessen

Die Kinder haben ihren Kuchen wieder mitgenommen; am Abend zeigen sie ihn Hubert Knappsack und erzählen, was vorgefallen ist. Knappsack ist nicht nur »recht unzufrieden« – er rast: »Unverschämtheit!« brüllt er. »RRRaus! Aus meinen Augen, rrraus!«
». . . und unser Lohn?« fragt Moritz; schließlich haben sie den ganzen Tag hart gearbeitet.
»Lohn, auch noch Lohn! Frrechheit, ich hörr wohl nicht recht! Schlechte Arrrbeit, miserrable Arrbeit: kein Lohn!«
»Aber, wir müssen uns doch was zu essen kaufen«, bemerkt Johanna leise.
Hubert Knappsack will davon nichts hören: »RRRaus! Wenn ihr in fünf Minuten nicht verschwunden seid, vergesse ich mich!« Er schmeißt die Tür von außen zu.
»Was tun?« fragt Johanna. »Bloß abhauen!« sagt Moritz.
»Ohne Lohn?«
»Ne«, sagt Robert und zeigt auf den Kuchenkönig, »wenn ihn sowieso keiner haben will, nehmen wir ihn doch besser mit, womöglich wird er sonst schlecht.« Roberts Vorschlag wird angenommen.
»Der dürfte reichen«, stellt Moritz fest.

Der König schmeckt gut

In der Tat: König Loy reicht allen; Caro Spannagel, Tasso, Ruschebug und Holger, die heute bei den Kindern in der Sänfte zu Abend essen. König Loy schmeckt ausgezeichnet. »Delikat, delikat«, meint Charlie »Tasso« Koffer. »Eigentlich nobel, daß er sich selbst NICHT essen mochte.«

»Wenn er gewußt hätte, wie gut er schmeckt, hätte er sich bestimmt genommen; ich will sagen, dann hätte er sich bestimmt nicht abgelehnt, also, nein gesagt«, vermutet Ruschebug.
»Ich glaube doch«, wendet Caro Spannagel ein.
Wieso eigentlich? Die Kinder können immer noch nicht verstehen, was König Loy an ihrem Kuchen so mißfiel.
Caro Spannagel versucht es zu erklären: »Ich vermute, er hielt es einfach mit seiner königlichen Würde für unvereinbar, sich selbst als Kuchen abgebildet zu sehen und dann womöglich noch zu verzehren. Er empfindet eben nicht mehr als gewöhnliche Eule, sondern als eine gekrönte Eule.«
»Wo ist denn da der Unterschied, ob er nun 'ne Krone auf dem Kopf trägt oder nicht?« will Moritz wissen.
»Der Unterschied ist nicht auf seinem Kopf, er liegt da drinnen. In seinem Kopf ist etwas, das ihm sagt: Du bist jetzt König, und ein König darf sich nicht verhalten, wie eine gewöhnliche Eule, sondern muß sich wie eine gekrönte Eule verhalten, wie ein König eben . . .«
»Ach du liebes Himmelchen«, stöhnt Holger.

Die Sache wird ein Nachspiel haben

Obwohl es am Abend beim Kuchenschmaus spät geworden ist, erscheinen die Kinder am folgenden Morgen pünktlich zur Arbeit in der Backstube. Hubert Knappsack ist dennoch gar nicht erfreut: »Ihrr wagt es noch . . .« seine Stimme bleibt weg, er schnappt nach Luft: »Unverrschämtheit!«
»Aber wieso denn?« fragt Johanna.
»Ihrr habt mich bestohlen!« zetert Knappsack und meint wohl den Kuchenkönig.
»Den wollte doch keiner haben!«
»Err warr von meinem besten Teigwerk!«
»Wir mußten doch was essen!«
»Werr nicht orrdentlich arrbeitet, soll auch nicht orrdentlich essen!«
»Du hast uns ja keinen Lohn gegeben.«

»Eure Unverrfrrorrenheit auch noch belohnen ... RRaus! RRRaus!«
»Wir geh'n ja schon«, sagt Robert.
»Aberr so werrdet ihrr mirr nicht davonkommen! Die Sache wirrd ein Nachspiel haben! Verrlaßt euch drrauf!«
»Ja, ja«, sagt Moritz und macht die Tür von außen zu.

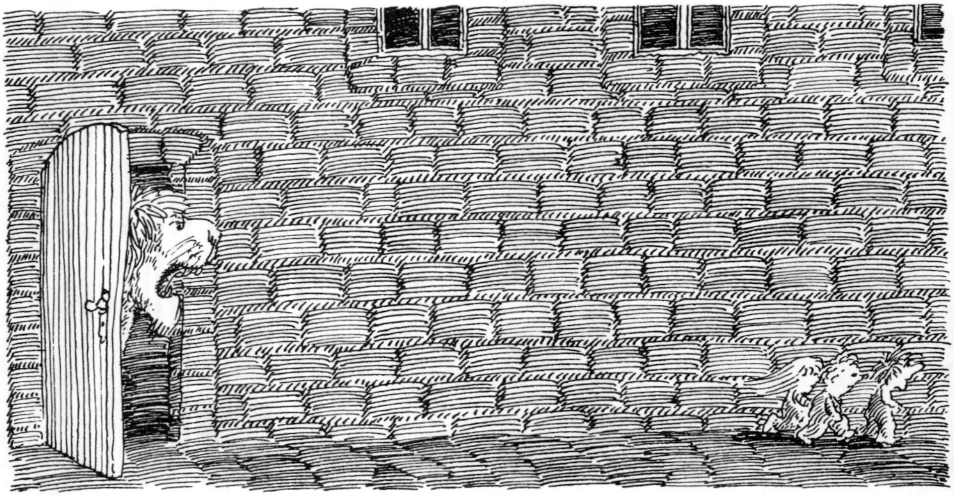

Das Nachspiel

Das Nachspiel, das Hubert Knappsack angedroht hat, findet noch am gleichen Nachmittag im großen Schloßsaal statt. König Loy persönlich hat den Vorsitz des Schiedsgerichts übernommen und Fide Schlie und Dr. Lütgebohmert zu seinen Beisitzern bestellt.
Der Vorsitzende fordert den Kläger Hubert Knappsack auf, sein Anliegen vorzutragen:
»Verehrrter König«, hebt Knappsack an, »diese drei dorrt«, er weist auf Robert, Moritz und Johanna, »hab ich bei mir als Bäckerburrschen beschäftigt. Ich hab sie gut behandelt und gerecht entlohnt. Doch diese undankbarre Bande ...« Hubert Knappsack fängt an ziemlich zu brüllen, »hat mich getäuscht, bestohlen und betrogen!!«
König Loy mahnt zur Ruhe: »Gemach, nur gemach!«
»Was ist denn tatsächlich passiert?« will Dr. Lütgebohmert wissen. »Uns interessieren hier nur Tatsachen.«

»Wir haben überhaupt nicht ...« beginnt Moritz, doch König Loy läßt ihn nicht zu Worte kommen: »Die Reihe ist noch nicht an euch«, entscheidet er und wendet sich wieder Kläger Knappsack zu.
Der erzählt umständlich die ganze Geschichte: Von seinem teuren Teig, von den sinnlosen Kringeln, die die Kinder daraus gebacken hätten, von Afrika, von dem verpfuschten Schloßauftrag ... schließlich brüllt er wieder: »... haben diese unverrschämten Bäckerrburrrschen mir diesen Königskuchen einfach geklaut!«
»Hmmm«, macht König Loy, »die Kinder haben also diesen Kuchen, den ich aus naheliegenden Gründen nicht akzeptieren mochte, kurzerhand und vorsätzlich entwendet. Ist das richtig?«
»Genau!« Knappsack nickt heftig.
»Was hast du denn daraufhin gemacht, Hubert?« fragt Fide Schlie.
»Was ich gemacht hab: sie rrausgeschmissen, natürlich, rrrausgeschmissen!«
»Das einzig Richtige«, bestätigt Fide Schlie.
»Gemach«, hält König Loy ihn zurück, »wir wollen doch zunächst die Gegenseite hören ...« Die Kinder schweigen.
»Was habt ihr also zu eurer Verteidigung vorzubringen?«
»Verhält es sich so, wie Hubert Knappsack, der Bäcker, es gerade ausgeführt hat?«
»Ja, nun, eigentlich schon ...« gibt Johanna zu.
»Na also«, sagt Dr. Lütgebohmert und breitet die Arme aus.
»... bloß«, ergänzt Moritz, »den Kuchen wollte doch keiner haben ...«
»... und wir hatten solchen Hunger«, ergänzt Robert.
»Außerdem hatten wir den Kuchen doch selbst gebacken«, stellt Johanna nachdrücklich fest.
»Von meinem Teig, von meinem teuerrsten, besten Teig!« König Loy muß Hubert Knappsack erneut zur Ruhe mahnen.
»Ich meine«, sagt er dann, »daß die Kinder durch den Verlust ihres Arbeitsplatzes genug gestraft sind und daß wir deswegen von weiteren, strengeren Maßnahmen Abstand nehmen können, besonders in Berücksichtigung früherer Verdienste!«
Dr. Lütgebohmert nickt und Fide Schlie fragt Knappsack, ob er mit dem Schiedsspruch einverstanden sei.
»Na, ja«, brummt der, »Hauptsache, ich bin sie los.«

DER KÖNIG
DIENE
DEN BÜRGERN

»Wir billigen somit das Verhalten des Bäckers Knappsack ausdrücklich«, faßt König Loy zusammen, »und erklären hiermit die Verhandlung für geschlossen.«
Noch ehe der König sein dickes Buch ganz schließen kann, ruft Moritz dazwischen: »Halt! Was sollen wir denn jetzt machen, ohne Geld?«
»Das zu entscheiden, kann nicht die Aufgabe des Schiedsgerichts sein«, entscheidet König Loy und klappt sein Buch vollends zu.
»Tja«, lächelt Fide Schlie, »das hättet ihr euch wirklich vorher überlegen sollen; die Reue kommt zu spät.«
»Welche Reue!?« schreit Robert.

Es muß was geschehen

»Das ist wirklich ein starkes Stückchen«, faßt Holger zusammen, nachdem die Kinder den Hergang der Schiedsgerichtsverhandlung erzählt haben.
»Wir lassen uns das jedenfalls nicht gefallen«, sagt Moritz.
»Vollkommen richtig: das Maß ist übervoll; die Uhr ist abgelaufen; die Verhältnisse schreien nach Tätlichkeit!« Tasso springt auf und schmeißt dabei sein Glas um.
»Gemach, gemach«, beruhigt Caro Spannagel und lacht.
»Gemach nach all dem Ungemach: niemals!«
»Setz dich doch, Tasso!«
»Wir müssen in Ruhe überlegen, was zu machen ist«, empfiehlt Ruschebug. »Die einzige Möglichkeit ist wohl, das Urteil von heute nachmittag anzufechten, um . . .«
»Damit wir wieder bei Knappsack schuften müssen!?« Johanna hat offensichtlich die Nase voll vom Bäckerburschendasein.
»Irgendwie müßt ihr doch Geld verdienen, und sonst hat niemand für euch Arbeit; ich jedenfalls nicht, hab selber ziemlich zu knappsen«, stellt Ruschebug fest.
»Aber an wen sollen wir uns wenden?«
»Wenn wir zu Knappsack gehen, feuert der uns sofort raus!«
Die Kinder sehen keine Möglichkeit.
»Geht doch zu König Loy«, schlägt Holger vor, »mit ihm muß man doch ein vernünftiges Wörtchen reden können.«

Die Kinder haben ihre Zweifel; Caro winkt ab.
»Wir müssen zur Tat schreiten!« erregt sich Tasso aufs neue.
Holger läßt nicht locker: »Versucht es wenigstens!«
»Versuch macht kluch!« grinst Caro Spannagel.
»Wenn's jedoch schiefgeht, müssen wir handeln!«
»Dann muß was geschehen!«

Versuch macht kluch

König Loy läßt seine alten Freunde warten; die Stühle in seinem Vorzimmer sind hart, und zum Frühstück wird man auch nicht mehr eingeladen.
»Wenn das schon so losgeht!« stöhnt Moritz nach einer geschlagenen halben Stunde.
Endlich erscheint Fräulein Bellmaus und bittet die Kinder in das königliche Arbeitszimmer. König Loy blickt nur ein einziges Mal kurz

von seinen Papieren auf: »Einen Augenblick, bitte«, murmelt er und schreibt weiter; nach einer Weile schraubt er seinen Füllfederhalter zu und fragt: »Was gibt es denn noch?«
»Ja, also, wir wollten uns beschweren!«
König Loy nimmt die Brille ab, hält sie gegen das Licht, putzt sie, setzt sie wieder auf und fragt: »Worüber bitte?«

»Das war nicht richtig, gestern, das Urteil . . .«
»Der Schiedsspruch ist ordnungsgemäß gefällt worden, den Formen wurde Genüge getan: er ist also gültig und rechtens.«
»Er ist aber nicht gerecht! Wir haben nicht betrogen und . . .«
»Ihr hattet gestern ausreichend Gelegenheit euch zu dieser, um es milde auszudrücken, unerfreulichen Angelegenheit zu äußern, mithin ist es zwecklos, darum noch ein weiteres Mal einzukommen . . .« König Loy schraubt seinen Füllfederhalter wieder auf: »Meine Zeit ist knapp bemessen.«

»Ach, nee«, sagt Johanna und steht auf, »wir gehen!«
»Seid doch vernünftig«, mahnt König Loy, »nur Einsicht kann euch helfen, diese für euch schwierige Situation zu meistern. Ich bin sicher: Ihr schafft es.«
»Worauf du dich verlassen kannst«, sagt Moritz leise und grimmig.
»Seht ihr«, lächelt König Loy und wendet sich endgültig wieder seinen Papieren zu: »Jeder ist seines Glückes Schmied.« –
Als die Kinder gegenüber Holger im Garten diese letzten Worte wiederholen, nicken alle: »Genau!« sagt Caro Spannagel und lächelt fröhlich.

Es geschieht etwas

Der Mond hat sich eben hinter einer Wolke verkrochen; kein Stern leuchtet; der Himmel ist schwarz. Deshalb wirft in dieser Nacht ein Elefant auch gar keinen Schatten, und sein grauer Rüssel ist kaum zu unterscheiden vom grauen Stein der Schloßmauer; dieser Rüssel ist hochgereckt bis an den unteren Rand eines halboffenen Fensters. Über die Fensterbank steigt eine Gestalt in ein Zimmer. Eine andere hängt am Rüssel in Reichweite, eine dritte hält unten Wache. »Pssst!« macht sie. »Nur leise, leise, leise ...«
Hoffentlich haben Eulen einen tiefen Schlaf! Aber sicher: wenn wichtige, anstrengende Amtsgeschäfte sie den ganzen Tag in Anspruch nehmen, dann schlafen sie so fest, daß sie nicht einmal spüren, wenn eine zitternde kleine Hand den Schlüssel abstreift von dem Bund, an dem sie ihn um den Hals tragen; selbst als die Hand einmal abgleitet und seine Nase streift, spürt er nichts; nein, König Loy schläft einen tiefen Schlaf. Er schnaubt nur kurz, dreht sich um und träumt weiter; er hört nicht die Stimme, die: »Verflixt« flüstert, hört nicht, wie sich der Schlüssel leise knarrend im Schloß seiner Truhe dreht, wie jemand den Deckel anhebt, um etwas herauszunehmen, was sehr schwer wiegt ...
König Loy schläft weiter, als sich die Gestalt zum Fenster zurücktastet, die wehende weiße Gardine beiseite rafft und sich danach über die Fensterbank nach draußen schwingt; schnell reicht Sie etwas hin-

aus an die zweite Gestalt; die mit etwas nach unten klettert, das jetzt golden aufblitzt, als der Mond hinter der Wolke wieder hervorkommt ...
»Geschafft?« fragen Holger, Tasso, Ruschebug und Caro Spannagel fast gleichzeitig.
»Geschafft!« antworten Moritz, Johanna und Robert fast gleichzeitig.

Was nun?

Die Krone ist weg!
König Loy hat es am Morgen noch vor dem Frühstück bemerkt und ist entsetzt. Sogleich hat er seine engsten Ratgeber Fide Schlie und Dr. Lütgebohmert zu sich bitten lassen und ihnen von dem unersetzlichen Verlust erzählt; doch die wissen diesmal auch keinen Rat.
»Geklaut!« stellt man einmütig fest – aber: Wer war das?
»Das werden wir bald ganz genau wissen.« Dr. Lütgebohmert schlägt vor, noch am Morgen eine große Versammlung einzuberufen:
»Wer da nicht erscheint, ist der Dieb«, vermutet er.
»Oder die Kerle bringen die Krone gleich mit«, fürchtet Fide Schlie.
»Welche Kerle?« – »Na, die Kinder natürlich, die Kronenklauer!«
»Dann sind sie König«, stellt Dr. Loy fest.
»Sie werden es nicht wagen«, hoffen alle.
Und tatsächlich sind die Kinder an diesem Morgen auf der Wiese nicht dabei; doch sie sind nicht die einzigen, die fehlen: außerdem vermißt man noch Caro Spannagel, Charlie »Tasso« Koffer, Ruschebug, Holger natürlich und: Professor Prousch!
»Prousch!? Was hat denn der damit zu tun?« – »Ausgerechnet!« Schon werden Befürchtungen laut, die meinen, Prousch habe die Krone für König Schwarte gestohlen ... »wenn der zurückkommt!«
»Gräßlich!!«
Doch der Professor hat sich nur etwas verspätet: »Ich konnte nämlich die ganze Nacht kein Auge zubekommen«, entschuldigt er sich, »so ein Lärm war da, im Wald ...«
»Was für ein Lärm?« – »Mitten in der Nacht?« – »Im Wald?«
»Lück hat geschnarcht«, vermutet Meister Heublein und grinst.

»Für Scherze dieser Art ist jetzt wohl nicht der geeignete Augenblick«, mahnt Dr. Loy. »Also, was waren das für Geräusche?«
Professor Prousch erklärt, es sei ein langandauerndes Klopfen und Hämmern gewesen, was ihn am Schlaf gehindert habe.
»Von wo kam denn das?« wollen alle wissen.
Professor Prousch weiß es leider nicht genau.
»Vielleicht aus Spannagels Werkstatt!?*« vermutet einer; doch keiner hört auf ihn; alle reden aufgeregt durcheinander.
Man streitet noch eine ganze Weile, doch die Fragen sind nicht zu lösen:
Wo ist die Krone? Wer hat die Krone?
Was fängt er damit an? Wer ist jetzt König?
Und überhaupt: Was nun?
Als die Kinder mit Holger, Ruschebug, Caro und Tasso gegen Mittag auf der Versammlung erscheinen, tragen sie die Antworten auf all diese Fragen in einem kleinen, aber schweren Säckchen bei sich:

* siehe Nr. 2 im Plan

Einer hat sich eine Geschichte ausgedacht, soweit er eben konnte.
Wie sie weitergehen sollte, vermag er sich einfach nicht vorzustellen. Und seinen Schluß findet er so schön, daß er die Geschichte hier hat enden lassen.

Inhaltsverzeichnis